D1704499

01

СТАЛЬНОЙ АЛХИМИК

FULLMETAL ALCHEMIST

Хирому Аракава

01

СТАЛЬНОЙ АЛХИМИК

FULLMETAL ALCHEMIST

Хирому Аракава

01

ОГЛАВЛЕНИЕ

Без боли ничему не научишься.

Ведь чтобы что-то получить, надо чем-то пожертвовать.

Глава 1
ДВА АЛХИМИКА

FULLMETAL
ALCHEMIST

ДЕТИ БОГА, ЖИВУЩИЕ НА ЭТОЙ ЗЕМЛЕ!
УВЕРУЙТЕ — И ОБРЕТЕТЕ СПАСЕНИЕ!
БОГ СОЛНЦА ЛЕТО ОСВЕЩАЕТ ВАШ ПУТЬ!
УЗРИТЕ! ГОСПОДЬ СОЙДЕТ С НЕБЕС И ОТПУСТИТ ВАШИ ГРЕХИ!
POST
KAMI-NAREE
5656
BAR

Я — наместник бога, ваш отец.
Наместник бога?
Религиозные проповеди по радио?
Что еще за...

Знаете, это я вас хотел бы спросить: «Что еще за...»

Вы кто, бродячие артисты?
ХЛЮП

СЛУШАЙ, ДЯДЯ, ЧЕМ ЭТО МЫ ПОХОЖИ НА БРОДЯЧИХ АРТИСТОВ?
Бог солнца освещает...
А НА КОГО Ж ЕЩЕ? КАК-ТО БОЛЬШЕ НИЧЕГО В ГОЛОВУ И НЕ ПРИХОДИТ...
Доспехи!
Круто!
Огромные!

ПРОСТО Я ВАС РАНЬШЕ ЗДЕСЬ НЕ ВИДЕЛ.
ПУТЕШЕСТВУЕТЕ?
ДА. ИЩЕМ КОЕ-ЧТО.
КСТАТИ, ЧТО ЭТО ЗА ПЕРЕДАЧА?
Ваш отец...
ВЫ НЕ ЗНАЕТЕ ГОСПОДИНА КОРНЕЛЛО?
КОГО?
ГОСПОДИН КОРНЕЛЛО — НАМЕСТНИК БОГА СОЛНЦА ЛЕТО!

ОСНОВАТЕЛЬ ЛЕТОИЗМА, ОБЛАДАЮЩИЙ ЧУДОТВОРНОЙ СИЛОЙ.
ОН ПОЯВИЛСЯ В НАШЕМ ГОРОДЕ НЕСКОЛЬКО ЛЕТ НАЗАД И УКАЗАЛ НАМ ПУТЬ К БОГУ. НЕВЕРОЯТНЫЙ ЧЕЛОВЕК!
ЭТО УДИВИТЕЛЬНО!
НАСТОЯЩЕЕ ЧУДО! ДАР БОЖИЙ!

ЭЙ, ПАРЕНЬ! ДА ТЫ ДАЖЕ НЕ СЛУША-ЕШЬ!
НЕ-А. РЕЛИГИЯ МЕНЯ НЕ ИНТЕ-РЕСУЕТ.

СПА-СИБО, НАМ ПОРА.
ДА.
БАЦ

АААА!
ОЙ!
ШМЯК
БАМ

ЧТО ТЫ НАДЕ-ЛАЛ?!
А ВСЕ ПОТОМУ, ЧТО РАСХА-ЖИВАЕШЬ ПО УЛИЦАМ В ТАКОМ ВИДЕ...
НЕ БОИСЬ, СЕЙЧАС ИСПРАВИМ.
Ого, радио разбилось!

ЧТО ЗНАЧИТ ИСПРА-ВИТЕ?
СМОТРИ!
ЧИРК
ЧИРК

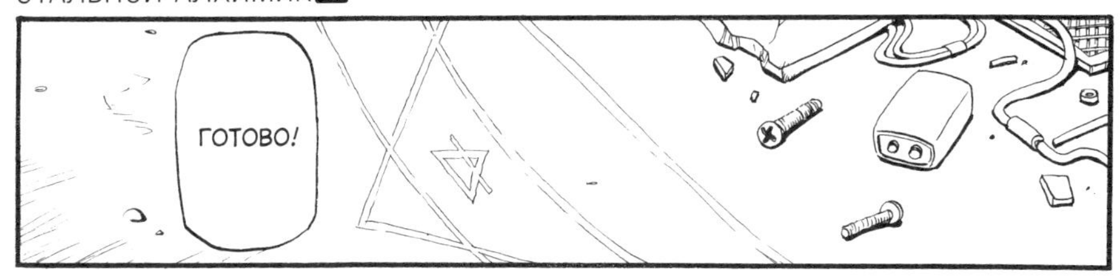
ГОТОВО!

НУ, ПОЕХАЛИ!
?

СВЕРК
ААА!
ЧТО?

ПШШ
ТАК СОЙДЕТ?

С УМА СОЙТИ!
ВЫ УМЕЕТЕ ТВОРИТЬ ЧУДЕСА?!
ЧЕГО?
МЫ АЛХИМИКИ!
БРАТЬЯ ЭЛРИК. ВООБЩЕ-ТО, МЫ ДОВОЛЬНО ИЗВЕСТНЫ.
Примите божье благословение...
ЭЛРИК... БРАТЬЯ ЭЛРИК?
А-А, Я О НИХ СЛЫШАЛ!
ШУУ
СТАРШИЙ ВРОДЕ НА СЛУЖБЕ У ГОСУДАРСТВА...

ЭДВАРД ЭЛРИК ПО ПРОЗВИЩУ СТАЛЬНОЙ АЛХИМИК!
YES!
ТАК ТЫ И ЕСТЬ ТОТ ЗНАМЕНИТЫЙ ГЕНИЙ-АЛХИМИК?!
ОГО!
ТЕПЕРЬ ПОНЯТНО! ТЕБЯ ТАК ПРОЗВАЛИ ПОТОМУ, ЧТО ТЫ НОСИШЬ ЭТИ ДОСПЕХИ?
...
Круто!
Можно автограф?
НО ЭТО НЕ Я... ЭТО ОН...
ЧТО?
ТОТ КОРОТЫШКА?

ЭТО КТО ТУТ С ГОРОШИНУ РАЗМЕРОМ?!
БАБАХ
МЫ ТАКОГО НЕ ГОВОРИЛИ!
Я — МЛАДШИЙ БРАТ, АЛЬФОНС ЭЛРИК.
ДА. Я ЭТО! Я СТАЛЬНОЙ АЛХИМИК! ЭДВАРД ЭЛРИК!!!

П...
ПРОСТИТЕ...

ЗДРАВСТВУЙТЕ, ДЕДУШКА!
О, КАК У ВАС МНОГО НАРОДУ!
А, РОЗА, ДОБРЫЙ ДЕНЬ.

СЕГОДНЯ СНОВА В ЦЕРКОВЬ?
ДА, ХОЧУ СДЕЛАТЬ ПОЖЕРТВОВАНИЕ.
Мне как обычно.
ОЙ, НОВЫЕ ЛИЦА...
ЭТО АЛХИМИКИ. ГОВОРЯТ, ИЩУТ ЧТО-ТО.
Привет.

НАДЕЮСЬ, ВЫ НАЙДЕТЕ ТО, ЧТО ИЩЕТЕ!
ДА БЛАГОСЛОВИТ ВАС БОГ ЛЕТО!
РОЗА ТАК ПОВЕСЕЛЕЛА.
ДА, ЭТО ТОЖЕ БЛАГОДАРЯ ПРЕПОДОБНОМУ.

ЧЕГО?
ОНА КРУГЛАЯ СИРОТА, А В ПРОШЛОМ ГОДУ ПОГИБ ЕЕ ЖЕНИХ...
НА НЕЕ БЫЛО БОЛЬНО СМОТРЕТЬ, ТАК ОНА УБИВАЛАСЬ, БЕДНЯЖКА.

ЕЕ СПАСЛО УЧЕНИЕ ОТЦА КОРНЕЛЛО, НАМЕСТНИКА ТВОРЦА — БОГА СОЛНЦА ЛЕТО!
ОН ДАРУЕТ ВСЕМ ЖИВЫМ БЕССМЕРТИЕ И ВОСКРЕШАЕТ МЕРТВЫХ.
ДОКАЗАТЕЛЬСТВО ТОМУ — СОВЕРШАЕМЫЕ ИМ ЧУДЕСА!
ВАМ ТОЖЕ СТОИТ ВЗГЛЯНУТЬ! ЭТО И ВПРЯМЬ ПРОЯВЛЕНИЯ БОЖЕСТВЕННОЙ СИЛЫ!
«ВОСКРЕШАЕТ МЕРТВЫХ»?..
ЭТО ДУРНО ПАХНЕТ...
УВЕРУЙТЕ!
И МОЛИТВЫ ВАШИ БУДУТ УСЛЫШАНЫ!

ДА БУДУТ НИСПОСЛАНЫ ВСЕМ ДЕТЯМ БОГА БЛАГОСЛОВЕННЫЕ ЛУЧИ...
ЩЕЛК
ON
OFF
OFF
ВЕЛИКОЛЕПНАЯ РЕЧЬ, ПРЕПОДОБНЫЙ.
МЫ ЧРЕЗВЫЧАЙНО БЛАГОДАРНЫ ВАМ ЗА ЭТИ БЕСЦЕННЫЕ НАСТАВЛЕНИЯ!
ПРЕПОДОБНЫЙ!

А-А, РОЗА? ТЫ МОЛОДЕЦ! ИЗО ДНЯ В ДЕНЬ ВСЕ СИЛЫ ОТДАЕШЬ СЛУЖЕНИЮ БОГУ.
ЭТО ЖЕ ПРАВИЛЬНО!
Я ХОТЕЛА СПРОСИТЬ...
КОГДА ЖЕ?..

Я ПРЕКРАСНО ЗНАЮ, ЧЕГО ТЫ ЖДЕШЬ.
БОГ ВИДИТ ТВОИ ПРАВЕДНЫЕ ДЕЯНИЯ!
ЗНАЧИТ...

НО ВИДИШЬ ЛИ, РОЗА, ВРЕМЯ ЕЩЕ НЕ ПРИШЛО.
ПОНИМАЕШЬ?
ММ?..
ДА...
ДА... ПОНИМАЮ...
Еще не время...
ВОТ И УМНИЦА, РОЗА.

О, ЭТО ВЫ...
ЗАИНТЕРЕСОВАЛИСЬ ЛЕТОИЗМОМ?
НЕТ. ПРОСТИ, Я АТЕИСТ.
НО ТАК ВЕДЬ НЕЛЬЗЯ! КОГДА МЫ ВЕРУЕМ, ТО ПРОЖИВАЕМ КАЖДЫЙ ДЕНЬ С БЛАГОДАРНОСТЬЮ И НАДЕЖДОЙ... РАЗВЕ ЭТО НЕ ЧУДЕСНО?

УВЕРОВАВ, ТЫ СМОЖЕШЬ ПОДРАСТИ!
СИЛА УБЕЖДЕНИЯ
Чё ты сказала?!
Тихо, тихо...
Она же не со зла.
УФФ... НЕУЖЕЛИ ТЫ ДЕЙСТВИТЕЛЬНО ВЕРИШЬ В ЭТОТ БРЕД?
ДУМАЕШЬ, МОЛИТВЫ ПОМОГУТ ВОСКРЕСИТЬ МЕРТВЫХ?

ДА.
НЕПРЕМЕННО!

35 Л ВОДЫ, 20 КГ УГЛЕРОДА, 4 Л АММИАКА, 1,5 КГ ИЗВЕСТИ, 800 Г ФОСФОРА, 250 Г СОЛИ...
100 Г СЕЛИТРЫ, 80 Г СЕРЫ, 7,5 Г ФТОРА, 5 Г ЖЕЛЕЗА, 3 Г КРЕМНИЯ И ЕЩЕ 15 ДРУГИХ ЭЛЕМЕНТОВ ПО МЕЛОЧИ...
ЧЕГО?
ЭТО РАСЧЕТ КОЛИЧЕСТВА КОМПОНЕНТОВ, ИЗ КОТОРЫХ СОСТОИТ ТЕЛО ВЗРОСЛОГО ЧЕЛОВЕКА.
СОВРЕМЕННАЯ НАУКА ОБЛАДАЕТ ТОЧНЫМИ ДАННЫМИ, НО ДО СИХ ПОР НИКОМУ НЕ УДАЛОСЬ УСПЕШНО ПРОИЗВЕСТИ ТРАНСМУТАЦИЮ ЧЕЛОВЕКА.

ЧЕГО-ТО НЕ ХВАТАЕТ...
УЧЕНЫЕ БЬЮТСЯ НАД ЭТИМ УЖЕ НЕСКОЛЬКО СТОЛЕТИЙ, НО ОТВЕТА ДО СИХ ПОР НИКТО НЕ НАШЕЛ...
КТО-ТО МОЖЕТ СКАЗАТЬ, ЧТО ИХ УСИЛИЯ БЫЛИ ПОТРАЧЕНЫ ВПУСТУЮ, НО Я ДУМАЮ, ЭТО ВСЕ-ТАКИ ЛУЧШЕ, ЧЕМ ПРОСТО МОЛИТЬСЯ.

КСТАТИ, ВСЕ ЭТИ КОМПОНЕНТЫ...
...НА РЫНКЕ МОЖЕТ КУПИТЬ ДАЖЕ РЕБЕНОК НА КАРМАННЫЕ ДЕНЬГИ.
СОЗДАТЬ ЧЕЛОВЕКА СОВСЕМ НЕДОРОГО.
!
ЧЕЛОВЕК НЕ ВЕЩЬ! ЭТО КОЩУНСТВО ПО ОТНОШЕНИЮ К СОЗДАТЕЛЮ! НЕБЕСА ПОКАРАЮТ ТЕБЯ!
ХА-ХА-ХА!

МЫ ВСЕ АЛХИМИКИ И НЕ ВЕРИМ В ТАКИЕ НЕМАТЕРИАЛЬНЫЕ ПОНЯТИЯ, КАК «СОЗДАТЕЛЬ» ИЛИ «БОГ».
ГРР
МЫ ИЗУЧАЕМ ПРИНЦИПЫ СОЗДАНИЯ ВСЕВОЗМОЖНЫХ ВЕЩЕЙ, ИЩЕМ ИСТИНУ...

...И НЕ ВЕРИМ В БОГА. НО ПО ИРОНИИ В КАКОМ-ТО СМЫСЛЕ МЫ, УЧЕНЫЕ, СУМЕЛИ ПОДОБРАТЬСЯ К БОГУ БЛИЖЕ ВСЕХ.

СКОЛЬКО ГОРДЫНИ!
ТЫ СТАВИШЬ СЕБЯ В ОДИН РЯД С БОГОМ?

ОБ ЭТОМ ЕСТЬ МНОГО ЛЕГЕНД. НАПРИМЕР, ВОТ...
«ЖИЛ-БЫЛ ОДИН ГЕРОЙ. ОН ПОДЛЕТЕЛ СЛИШКОМ БЛИЗКО К СОЛНЦУ И, КОГДА РАСТАЯЛ ВОСК, СКРЕПЛЯВШИЙ ЕГО КРЫЛЬЯ, УПАЛ НА ЗЕМЛЮ».

?

Препо-
добный!
Явите
нам
чудо!
Пре-
подоб-
ный!
ШУУ
СВЕРК

УИИ
НУ, ЧТО ДУМАЕШЬ?

КАК НИ КРУТИ, А ЭТО ПРЕВРА-ЩЕНИЕ, ТО ЕСТЬ АЛХИМИЯ.
ПОХОЖЕ НА ТО...
А КАК ЖЕ ЗАКОН?
А!
ВЫ ВСЕ-ТАКИ ПРИШЛИ!
ЧТО СКАЖЕТЕ? РАЗВЕ ЭТО НЕ ЧУДО? ГОСПОДИН КОРНЕЛЛО — СЫН БОЖИЙ!

НЕТ, ЭТО ОПРЕДЕ-ЛЕННО АЛХИМИЯ.
КОР-НЕЛЛО — ЖУЛИК.
ГРР
НО ОН ИГНО-РИРУЕТ ЗАКОН.
ДА-А... ТОЧНО.
ЗА-КОН?

ОБЫЧНЫЕ ЛЮДИ СЧИТАЮТ, ЧТО АЛХИМИЯ — ОЧЕНЬ ПОЛЕЗНОЕ УМЕНИЕ, КОТОРОЕ ПОЗВОЛЯЕТ БЕЗ ОГРАНИЧЕНИЙ ПОЛУЧИТЬ ЧТО УГОДНО.
НА САМОМ ЖЕ ДЕЛЕ СУЩЕСТВУЮТ СТРОГИЕ ЗАКОНЫ.

ЕСЛИ ВКРАТЦЕ, ТО ЭТО ЗАКОН СОХРАНЕНИЯ ВЕЩЕСТВА И ЗАКОН ПРИРОДНОГО ПРОВИДЕНИЯ.
?
?
?
В ОБЩЕМ...
ИЗ ВЕЩЕСТВА ОПРЕДЕЛЕННОЙ МАССЫ МОЖНО ПОЛУЧИТЬ ЛИШЬ ЧТО-ТО ТАКОЙ ЖЕ МАССЫ. А ВОДУ МОЖНО ПРЕОБРАЗОВАТЬ ТОЛЬКО В ВЕЩЕСТВО СО СВОЙСТВАМИ ВОДЫ.
ШУХ

ДРУГИМИ СЛОВАМИ, ОСНОВА АЛХИМИИ — РАВНОЦЕННЫЙ ОБМЕН!
ЧТОБЫ ЧТО-ТО ПОЛУЧИТЬ, НУЖНО ОТДАТЬ ВЗАМЕН НЕЧТО РАВНОЦЕННОЕ.
ХОТЯ СРЕДИ АЛХИМИКОВ ЕСТЬ ТЕ, КТО ПРИВОДИТ В КАЧЕСТВЕ ПРИМЕРА ЧЕТЫРЕ ОСНОВНЫХ ЭЛЕМЕНТА И ТРИ НАЧАЛА, НО...

НО ОН СОВЕРШИЛ ПРЕОБРАЗОВАНИЕ В ОБХОД ЭТОГО ЗАКОНА.
ГОВОРЮ ЖЕ ВАМ, ЭТО ЧУДО! УВЕРУЙТЕ НАКОНЕЦ!

БРАТ, А ЕСЛИ ЭТО...
ДА, ВОЗМОЖНО...

БИНГО!

СЕСТРЕНКА, ВАША РЕЛИГИЯ НАС ОЧЕНЬ ЗАИНТЕРЕСОВАЛА!
МЫ БЫ ХОТЕЛИ ПОГОВОРИТЬ С ЕЕ ОСНОВАТЕЛЕМ. ПРОВОДИШЬ НАС?
ВЕРТЬ
О-О! ♡ ВЫ НАКОНЕЦ-ТО УВЕРОВАЛИ!

БОМ
БОМ
ПРЕПОДОБНЫЙ, ТУТ КОЕ-КТО ПРОСИТ ВАШЕЙ АУДИЕНЦИИ.

ДВОЕ — МАЛЬЧИШКА И ЧЕЛОВЕК В ДОСПЕХАХ. НАЗЫВАЮТ СЕБЯ «БРАТЬЯ ЭЛРИК»...
ЕЩЕ ЧЕГО!
Я ЗАНЯТ, ПУСТЬ УБИРАЮТСЯ.

!
ХОТЯ ПОСТОЙ-КА... БРАТЬЯ ЭЛРИК?
ЭДВАРД ЭЛРИК?!
ДА. МАЛЬЧИШКУ, КАЖЕТСЯ, ЗОВУТ ИМЕННО ТАК... ВЫ ЕГО ЗНАЕТЕ?
ЧЕРТ... ДЕЛО ДРЯНЬ!

!!!
ЭТО ЖЕ ЭДВАРД ЭЛРИК ПО ПРОЗВИЩУ СТАЛЬНОЙ АЛХИМИК!
ЧТО?
ТОТ НЕДОМЕРОК?! ВЫ ШУТИТЕ?!
ИДИОТ! ДЛЯ АЛХИМИИ ВОЗРАСТ НЕ ИМЕЕТ ЗНАЧЕНИЯ!

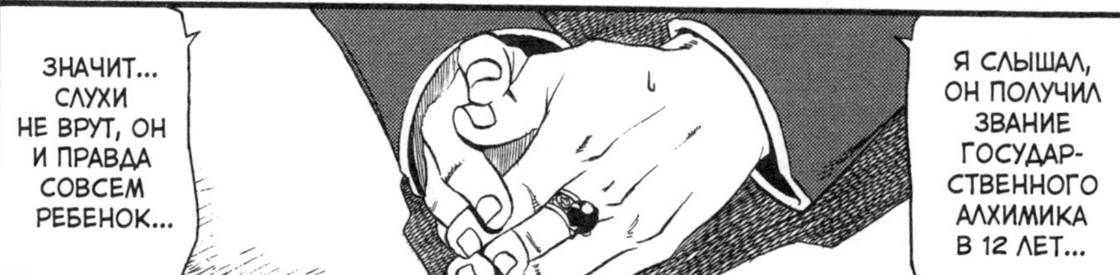
Я СЛЫШАЛ, ОН ПОЛУЧИЛ ЗВАНИЕ ГОСУДАРСТВЕННОГО АЛХИМИКА В 12 ЛЕТ...
ЗНАЧИТ... СЛУХИ НЕ ВРУТ, ОН И ПРАВДА СОВСЕМ РЕБЕНОК...

НО ЧТО ЗДЕСЬ НУЖНО ГОСУДАРСТВЕННОМУ АЛХИМИКУ?!
НЕУЖЕЛИ НАШ ПЛАН...
ПОХОЖЕ, У АРМЕЙСКИХ ПСОВ ОТЛИЧНЫЙ НЮХ.
МНЕ СПРОВАДИТЬ ЭТУ ПАРОЧКУ?
НЕТ, А ТО ЕЩЕ ЗАПОДОЗРЯТ НЕЛАДНОЕ.
К ТОМУ ЖЕ, ЕСЛИ ИХ СЕЙЧАС ПРОГНАТЬ, ОНИ ОБЯЗАТЕЛЬНО ВЕРНУТСЯ.

КАК НАСЧЕТ ТОГО...
...ЧТОБЫ ОНИ ВООБЩЕ ЗДЕСЬ НИКОГДА НЕ ПОЯВЛЯЛИСЬ?
!

НУ, ЕСЛИ ТАК УГОДНО БОГУ...
ХМЫК
ПРОШУ СЮДА.

ОСНОВАТЕЛЬ СЕЙЧАС ОЧЕНЬ ЗАНЯТ И ПРАКТИ-ЧЕСКИ НИКОГО НЕ ПРИНИМАЕТ, НО ВАМ ПО-ВЕЗЛО.

ИЗВИНИТЕ, ЧТО ОТВЛЕ-КАЕМ. МЫ НЕ ЗАДЕР-ЖИМ ЕГО НАДОЛГО.
ХЛОП

ДА, МЫ БЫСТРО ЗАКОН-ЧИМ.
ВОТ ТАК!
ЗВЯК

БАБАХ

БАМ
ЛЯЗГ

ДЕРГ
!
ЧТО ВЫ ДЕЛАЕТЕ?!
РОЗА, ЭТИ ЛЮДИ — ЕРЕТИКИ, КОТОРЫЕ ЗАДУМАЛИ СВЕРГНУТЬ ОСНОВАТЕЛЯ. ОНИ — САМО ЗЛО!
НЕ МОЖЕТ БЫТЬ! НО ДАЖЕ ЕСЛИ ТАК, ПРЕПОДОБНЫЙ НИКОГДА БЫ ТАКОГО НЕ ПОЗВОЛИЛ...
И ВСЕ ЖЕ ОН ПОЗВОЛИЛ!

СЛОВА ОСНОВАТЕЛЯ — ЭТО СЛОВА НАШЕГО БОГА...
ТАКОВА БОЖЬЯ ВОЛЯ!
ТЫК
ДА-А...

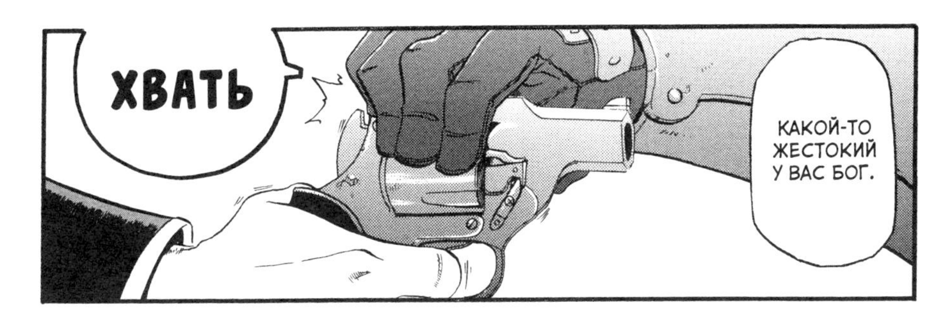
КАКОЙ-ТО ЖЕСТОКИЙ У ВАС БОГ.
ХВАТЬ

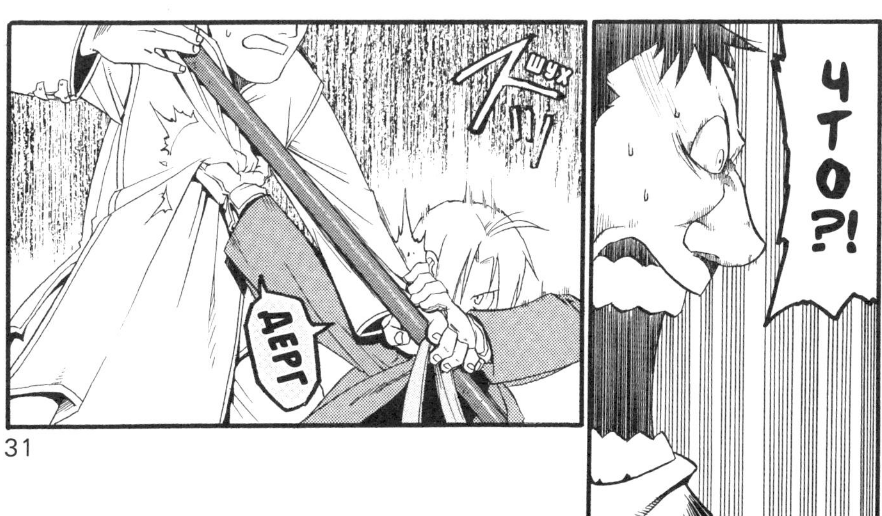
ЧТО?!
ШУХ
ДЕРГ

БАЦ

がいん
БУМС
ААА!
ГХА!

Есть!
СТРАЙК!
МОЯ ГОЛОВА!
Ч-Ч...
ЧТО ЭТО?

А, ЕРУНДА.
АГА, АГА.
ТУК ТУК

В...
ВНУТРИ НИЧЕГО НЕТ...
ПУСТО?!

НУ...
ガチ БАЦ
ЭТО ТО, ЧТО ЖДЕТ ГРЕШНИКОВ, ОСМЕЛИВШИХСЯ ПОСЯГНУТЬ НА ЗАПРЕТНУЮ ТЕРРИТОРИЮ БОГА.

ТАКИХ, КАК Я...
...И МОЙ БРАТ.

А ЧТО, ЭДВАРД ТОЖЕ?..

ДАВАЙ НЕ БУДЕМ ОБ ЭТОМ.
ШКРЯБ ШКРЯБ

НУ ЧТО, УЗРЕЛА ИСТИННЫЙ ОБЛИК...
...ВАШЕГО БОГА?

НЕТ! ЭТО КАКАЯ-ТО ОШИБКА!
ОХ, БЛИН... ДАЖЕ ПОСЛЕ ВСЕГО СЛУЧИВШЕГОСЯ ОНА ВЕРИТ ЭТОМУ ЖУЛИКУ.

РОЗА...
...ХВАТИТ ЛИ ТЕБЕ СМЕЛОСТИ ВЗГЛЯНУТЬ ПРАВДЕ В ГЛАЗА?

ЭТО И ЕСТЬ КОМНАТА ОСНОВАТЕЛЯ, О КОТОРОЙ ГОВОРИЛА РОЗА?

ЧТО Ж...
СКРИП

СКРИП
О!
ПОЛАГАЮ, ЭТО ОЗНАЧАЕТ «МИЛОСТИ ПРОСИМ»!
ХЛОП
СКРИП

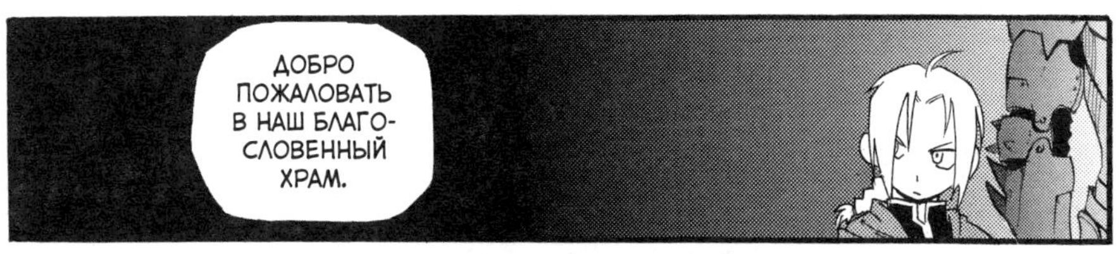
ДОБРО ПОЖАЛОВАТЬ В НАШ БЛАГОСЛОВЕННЫЙ ХРАМ.

ПРИШЛИ НА ПРОПОВЕДЬ?
АГА, ХОТИМ, ЧТОБЫ ВЫ НАС ПРОСВЕТИЛИ.

НАСЧЕТ ТОГО, КАКИМ ОБРАЗОМ ВЫ ИСПОЛЬЗУЕТЕ АЛХИМИЮ ДЛЯ ОБМАНА СВОИХ ПРИХОЖАН!
НЕ ПОНИМАЮ, О ЧЕМ ВЫ.
МОИ ЧУДЕСА НЕ ИМЕЮТ НИЧЕГО ОБЩЕГО С АЛХИМИЕЙ.
ВАМ СТОИТ ТОЛЬКО РАЗ УВИДЕТЬ, И ВЫ ПОЙМЕТЕ...
ДА МЫ ВСЕ УЖЕ ВИДЕЛИ.
ТОЛЬКО НЕ МОЖЕМ ПОНЯТЬ, КАК ВАМ УДАЛОСЬ СОВЕРШИТЬ ПРЕОБРАЗОВАНИЕ В ОБХОД ЗАКОНОВ.
Я ЖЕ СКАЗАЛ — ЭТО НЕ АЛХИМИЯ...
МЫ ТУТ ПОДУМАЛИ...
ВЫ ВЕДЬ ИСПОЛЬЗУЕТЕ...
...ФИЛОСОФСКИЙ КАМЕНЬ?
ДЕРГ
НАПРИМЕР, ТОТ, ЧТО В ВАШЕМ ПЕРСТНЕ.

ДЕРГ
ХМ... ОТ ГОСУДАРСТВЕННОГО АЛХИМИКА Я МЕНЬШЕГО И НЕ ОЖИДАЛ.
ТЫ ВЕСЬМА ПРОНИЦАТЕЛЕН.
ЭТО ПРАВИЛЬНЫЙ ОТВЕТ!
ЛЕГЕНДАРНЫЙ КАМЕНЬ, ПРИУМНОЖАЮЩИЙ СИЛЫ...
С ЕГО ПОМОЩЬЮ АЛХИМИКИ СПОСОБНЫ СОВЕРШАТЬ НЕВЕРОЯТНЫЕ ТРАНСМУТАЦИИ, ЗАПЛАТИВ ЛИШЬ НЕЗНАЧИТЕЛЬНУЮ ЦЕНУ!
ОН-ТО НАМ И НУЖЕН!

ХМ! ЧТО ЗА АЛЧНЫЙ ВЗГЛЯД?
ДЛЯ ЧЕГО ТЕБЕ ЭТОТ КАМЕНЬ? ХОЧЕШЬ ЗОЛОТА? СЛАВЫ?

А ТЫ? ЗАЧЕМ РАСПРОСТРАНЯЕШЬ СВОЮ ЛЖИВУЮ РЕЛИГИЮ?
ЕСЛИ РАДИ ДЕНЕГ, ТАК С ПОМОЩЬЮ КАМНЯ ТЫ МОЖЕШЬ ПОЛУЧИТЬ ИХ СКОЛЬКО УГОДНО.
ДЕЛО НЕ В ДЕНЬГАХ.
ХОТЯ НЕТ, И В НИХ ТОЖЕ, И ОНИ САМИ ПЛЫВУТ КО МНЕ В РУКИ... В ВИДЕ ПОЖЕРТВОВАНИЙ ПРИХОЖАН.

НО БОЛЬШЕ ВСЕГО МНЕ НУЖНЫ ПОСЛУШНЫЕ ПРИХОЖАНЕ, КОТОРЫЕ НЕ ПОЖАЛЕЮТ РАДИ МЕНЯ И ЖИЗНИ.
НЕПОБЕДИМАЯ АРМИЯ, БЕССТРАШНАЯ ПЕРЕД ЛИЦОМ СМЕРТИ! ЭТО ЖЕ ВЕЛИКОЛЕПНО!
ПОДГОТОВКА ИДЕТ ПОЛНЫМ ХОДОМ!
ЧЕРЕЗ НЕСКОЛЬКО ЛЕТ В МОИХ РУКАХ БУДЕТ ВСЯ СТРАНА! Я УЖЕ ВИЖУ ЭТО!
ХА-ХА-ХА!

И
ВСЕГО-ТО?
ДА ПОЖА-
ЛУЙСТА.
ШУРХ
ЧЕГО?!
И ЭТО
ВСЕ, ЧТО ТЫ
МОЖЕШЬ СКА-
ЗАТЬ ПО ПО-
ВОДУ МОИХ
ЗАМЫСЛОВ?!
«ДА ПОЖАЛУЙ-
СТА»?!
ТЫ ЖЕ
СЛУЖИШЬ
ГОСУДАР-
СТВУ...
ТЫ ЖЕ
ВОЕН-
НЫЙ!
НЕ-А.
МНЕ ПЛЕВАТЬ
И НА ГОСУ-
ДАРСТВО,
И НА АРМИЮ.

НО
НЕ БУДУ
ХОДИТЬ
ВОКРУГ
ДА ОКОЛО!
ОТДАЙ
ФИЛОСОФ-
СКИЙ КА-
МЕНЬ!
И Я, ТАК
И БЫТЬ,
НЕ РАС-
СКАЖУ
ЖИТЕЛЯМ
ГОРОДА
О ТВОЕМ
ОБМАНЕ.

ХА!
УСЛОВИЯ
СТАВИШЬ?
МОИ
ПРИХОЖАНЕ
НИКОГДА
НЕ ПОВЕ-
РЯТ ЧУЖАКУ
ВРОДЕ
ТЕБЯ!

ОНИ —
МОИ ПРЕ-
ДАННЫЕ
СЛУГИ! ОНИ
ОЧАРОВАНЫ
МНОЙ!
ЧТО БЫ
ВЫ НИ ГО-
ВОРИЛИ,
ЭТИ ЛЮ-
ДИШКИ
НЕ СТАНУТ
ВАС СЛУ-
ШАТЬ!
ДА!
ЭТИ ГЛУПЦЫ
ВЕДУТСЯ
НА МОЙ
ОБМАН!
ХА-ХА-ХА!

О! БРАВО, ПРЕПОДОБНЫЙ!
ХЛОП ХЛОП
ПРЕКРАСНАЯ РЕЧЬ!
ВЫ ПРАВЫ, МЕНЯ ПРИХОЖАНЕ И СЛУШАТЬ БЫ НЕ СТАЛИ.
ЗВЯК
НО!

ЛЯЗГ
КАК НАСЧЕТ НЕЕ?

РОЗА?!
ДА ЧТО ВООБЩЕ...

Оп-па!
ПРЕПОДОБНЫЙ! ТО, ЧТО ВЫ СКАЗАЛИ, — ПРАВДА?!
ВСЕ ЭТО ВРЕМЯ ВЫ ОБМАНЫВАЛИ НАС?!
ЧУДЕСА... БОЖЬЯ СИЛА... ЗНАЧИТ, НАШИ ЖЕЛАНИЯ НЕ ИСПОЛНЯТСЯ?!

И ВЫ НЕ ВЕРНЕТЕ ЕГО К ЖИЗНИ?!
ПФ... ДА, Я СОЛГАЛ. НИКАКОЙ Я НЕ НАМЕСТНИК БОГА...

НО ЗНАЕШЬ... С ПОМОЩЬЮ ЭТОГО КАМНЯ, ВОЗМОЖНО, УДАСТСЯ СОВЕРШИТЬ ТУ САМУЮ ТРАНСМУТАЦИЮ ЧЕЛОВЕКА, С КОТОРОЙ МНОЖЕСТВО АЛХИМИКОВ ПОТЕРПЕЛИ НЕУДАЧУ...

И ДАЖЕ ВОСКРЕСИТЬ ТВОЕГО ВОЗЛЮБЛЕННОГО!

РОЗА, НЕ СЛУШАЙ ЕГО!

РОЗА, БУДЬ ХОРОШЕЙ ДЕВОЧКОЙ, ИДИ КО МНЕ.

НЕ СОВЕТУЮ! НАЗАД ДОРОГИ НЕ БУДЕТ!

НУ, В ЧЕМ ДЕЛО? ТЫ ЖЕ НА МОЕЙ СТОРОНЕ.

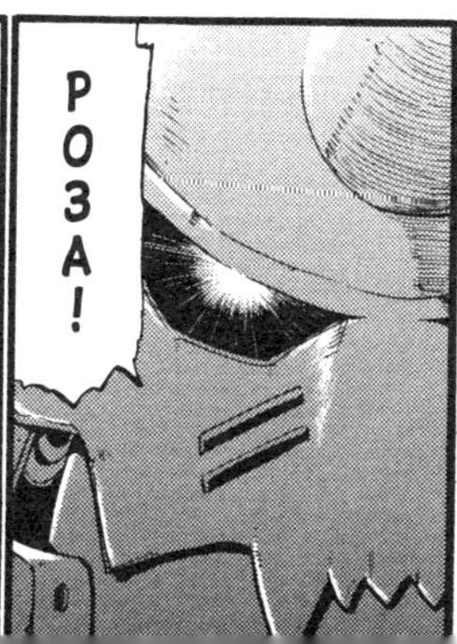
РОЗА!

Я ЕДИНСТВЕННЫЙ, КТО СМОЖЕТ ИСПОЛНИТЬ ТВОЕ ЖЕЛАНИЕ.
ПОДУМАЙ О ТОМ, КОГО ТЫ ЛЮБИЛА БОЛЬШЕ ВСЕХ НА СВЕТЕ!

НУ ЖЕ!

ПРО-
СТИТЕ.

ЭТО
ВСЕ...
ЭТО ВСЕ,
ЧТО
У МЕНЯ
ЕСТЬ.
ВОТ И
СЛАВНО...
УМНИЦА...

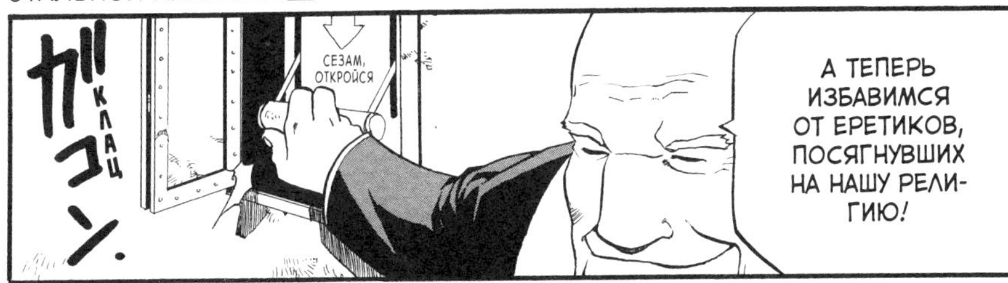
А ТЕПЕРЬ ИЗБАВИМСЯ ОТ ЕРЕТИКОВ, ПОСЯГНУВШИХ НА НАШУ РЕЛИГИЮ!
СЕЗАМ, ОТКРОЙСЯ
ガコン
КЛАЦ

ギギギ
СКРИП
ガシャ
ЛЯЗГ

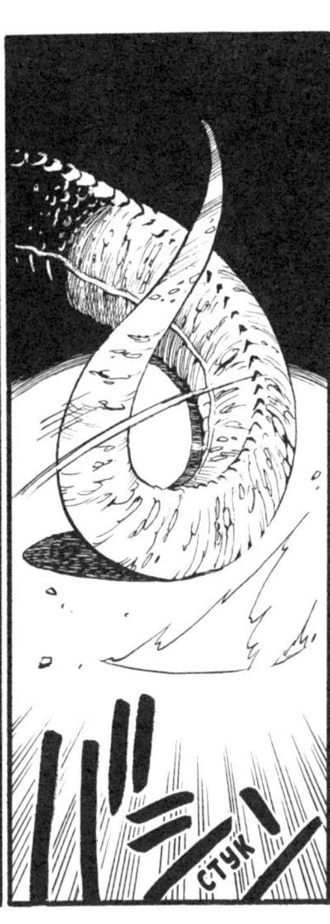
ズン
СТУК

ゴゴゴ
ГРР

ВСЕ-ТАКИ ФИЛОСОФСКИЙ КАМЕНЬ — УНИКАЛЬНАЯ ВЕЩЬ.
ウガ
АРР

ОН ПОЗВОЛЯЕТ СОЗДАВАТЬ ДАЖЕ ТАКОЕ.
ズシ
ШАРК

ДУМАЮ, ВЫ ВПЕРВЫЕ ВИДИТЕ ХИМЕРУ...

ГРР

ФЬЮ
ГМ, ПОХОЖЕ, ГОЛЫМИ РУКАМИ ТУТ НЕ СПРА-ВИТЬСЯ.
ХЛОП!
Так что...
ШЛЕП
?
ВЗУ

ВЖУХ
ФЬЮ
?!
ВЖИХ
ТРЕСК
ТРЕСК
ОГО! СОЗДАТЬ ОРУЖИЕ ПРЯ-МО ИЗ ПОЛА, ДАЖЕ БЕЗ КРУГА ПРЕОБРАЗО-ВАНИЯ...
ВИЖУ, ЗВАНИЕ «ГОСУДАР-СТВЕННЫЙ АЛХИМИК» — НЕ ПУСТОЙ ЗВУК...
И ВСЕ РАВНО ТЫ СЛА-БАК!

ТРЕСК

Гх...
ТРЕСК

ХА-ХА-ХА! НУ КАК?! НРАВИТСЯ? ЭТИ КОГТИ СПОСОБНЫ РАССЕЧЬ ДАЖЕ ЖЕЛЕЗО!
ЭД-ВАРД!

О ЧЕМ ТЫ ВО-ОБЩЕ?

ХРУСТЬ
БАЦ
ГРР!
?!

ПРОСТИ, НО ЭТА НОГА СДЕЛАНА ПО СПЕЦЗАКАЗУ!

ЧЕГО СТОИШЬ?! НЕ МОЖЕШЬ РАЗОРВАТЬ В КЛОЧЬЯ, ТАК СОЖРИ ЕГО!

ГРР
РРР!

ХВАТЬ
КЛАЦ
Рр...
Грр...
КЛАЦ
Грр!
Гр!
?!
Ррр...
Гхр...
Ррр...
КЛАЦ
КЛАЦ

В ЧЕМ ДЕЛО, КИСКА?
НУ ЖЕ, КУШАЙ, НЕ СТЕС-НЯЙСЯ!
КЛАЦ
ГРР!
ГР!
ЦАРАП

БАЦ
ТРЕСК
СМОТРИ ВНИМА-ТЕЛЬНО, РОЗА!

ВОТ ЧТО ЖДЕТ ГРЕШНИКОВ...

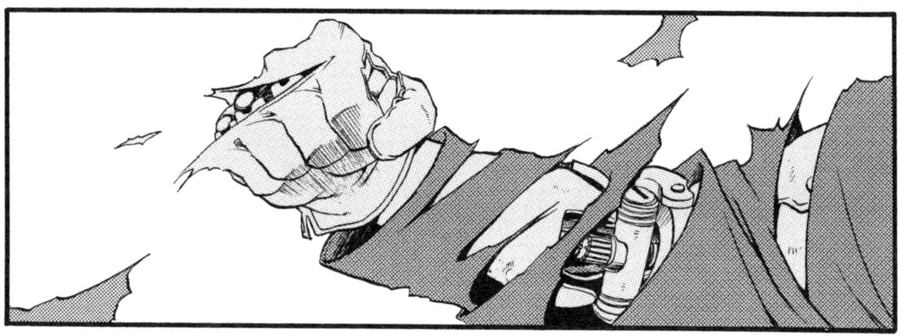

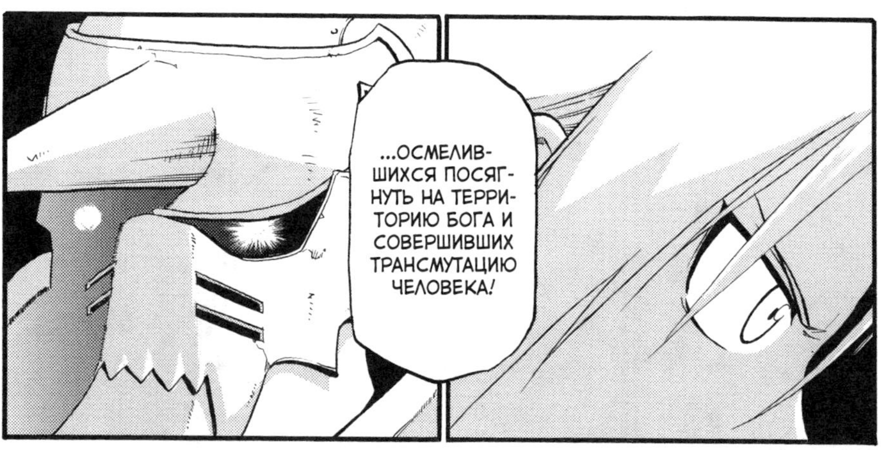
...ОСМЕЛИВШИХСЯ ПОСЯГНУТЬ НА ТЕРРИТОРИЮ БОГА И СОВЕРШИВШИХ ТРАНСМУТАЦИЮ ЧЕЛОВЕКА!

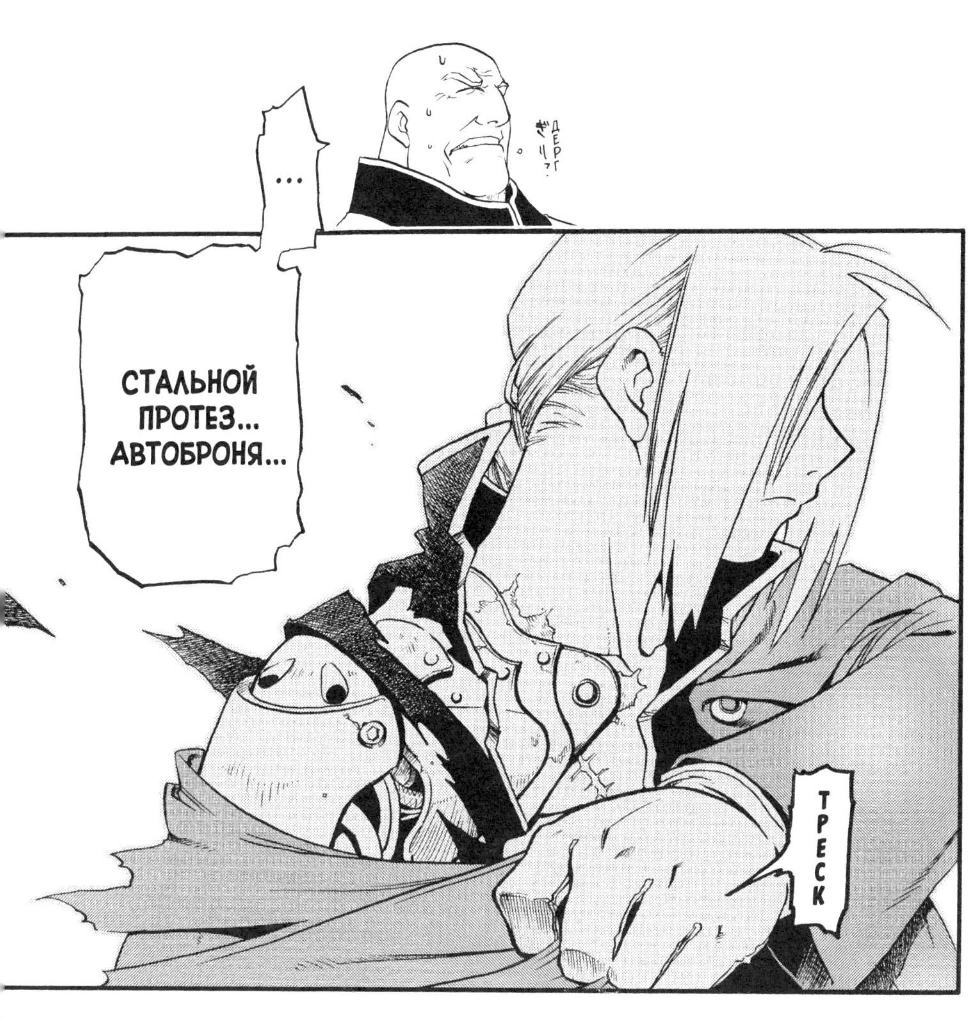
ДЕРГ
ぎりっ
...
СТАЛЬНОЙ ПРОТЕЗ... АВТОБРОНЯ...
ТРЕСК

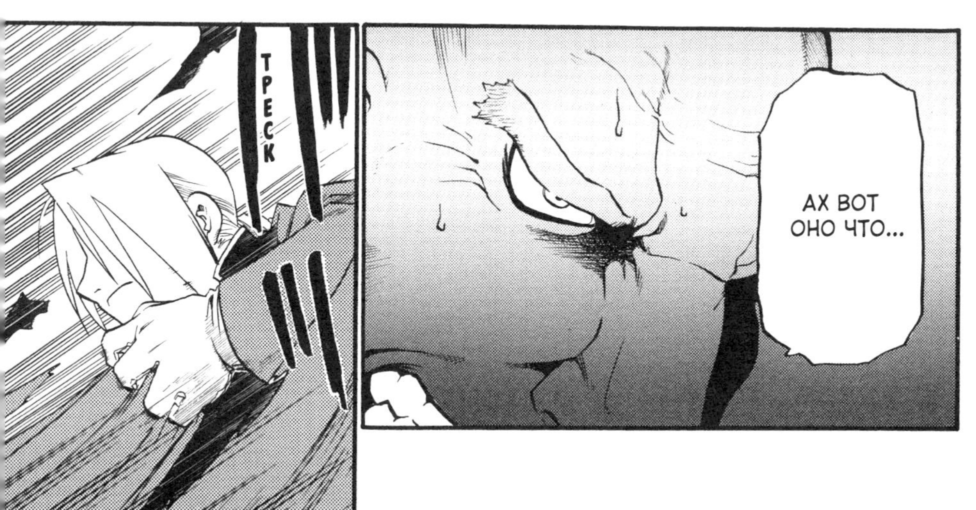
АХ ВОТ ОНО ЧТО...
ТРЕСК

СТАЛЬ-
НОЙ
АЛХИ-
МИК!!!

НУ, ИДИ СЮДА, ТРЕТЬЕРАЗ-РЯДНЫЙ ШАРЛАТАН!
Я ТЕБЕ ПОКАЖУ, КАКАЯ МЕЖДУ НАМИ РАЗ-НИЦА!

FULLMETAL
ALCHEMIST

ВОТ КАК?
ТЕПЕРЬ ПОНЯТНО...

А Я ВСЕ УДИВЛЯЛСЯ, ПОЧЕМУ ТАКОЙ МАЛЯВКЕ ДАЛИ СТОЛЬ ГРОЗНОЕ ПРОЗВИЩЕ — СТАЛЬНОЙ...
ЛЯЗГ
ВЫХОДИТ, ЭТО ВСЕ ИЗ-ЗА ПРОТЕЗОВ...

РОЗА, ЭТИ ЛЮДИ...
...СОВЕРШИЛИ ТРАНСМУТАЦИЮ ЧЕЛОВЕКА, КОТОРАЯ НАХОДИТСЯ ПОД НЕГЛАСНЫМ ЗАПРЕТОМ СРЕДИ АЛХИМИКОВ...

ОНИ
НАРУШИ-
ЛИ ВЕЛИ-
ЧАЙШЕЕ
ТАБУ!

Глава 2
ЦЕНА ЖИЗНИ

АЛ!
АЛ!
АЛЬ-
ФОНС!

ЧТО,
БРА-
ТИШКА?
ВОТ ОНО!
ИДЕАЛЬ-
НАЯ
ТЕОРИЯ!
НЕ-
УЖЕЛИ...

ДА!
МЫ СМОЖЕМ
ВОСКРЕСИТЬ
МАМУ!
У НАС
НЕ БЫЛО
НИ МАЛЕЙ-
ШЕГО СО-
МНЕНИЯ, ЧТО
МЫ СУМЕЕМ
СОЗДАТЬ
ЖИЗНЬ.

МАМА БЫЛА ДОБРОЙ... ОЧЕНЬ ДОБРОЙ.
МЫ ПРОСТО ХОТЕЛИ ЕЩЕ РАЗ УВИДЕТЬ ЕЕ УЛЫБКУ.

ДАЖЕ ЕСЛИ НАМ ПРИДЕТСЯ НАРУШИТЬ ГЛАВНЫЙ ЗАПРЕТ АЛХИМИИ...
МЫ ИЗУЧАЛИ АЛХИМИЮ ТОЛЬКО РАДИ ЭТОГО...

НО ТРАНС-МУТАЦИЯ НЕ УДАЛАСЬ.

В ПРОЦЕССЕ ПРЕОБРАЗОВАНИЯ МОЙ БРАТ ПОТЕРЯЛ ЛЕВУЮ НОГУ...

...МЕНЯ ЖЕ УТЯНУЛО ЦЕЛИКОМ.
Я ТОГДА ПОТЕРЯЛ СОЗНАНИЕ...

А КОГДА ОЧНУЛСЯ, ТО ОБНАРУЖИЛ СЕБЯ В ЭТИХ ДОСПЕХАХ И... ПОСРЕДИ МОРЯ КРОВИ...

ЗАЧЕМ ЖЕ ТЫ?..
МОЕЙ ПРАВОЙ РУКИ ХВАТИЛО ТОЛЬКО НА ТРАНСМУТАЦИЮ ТВОЕЙ ДУШИ...
ХЕ-ХЕ... ПРОСТИ...

Потеряв левую ногу, страдая от ужасной боли...
...Брат пожертвовал еще и правой рукой, чтобы поместить мою душу в эти доспехи.

Хе...
Мы вдвоем пытались воскресить одного-единствен-ного чело-века, и вот результат...
Это цена попытки вернуть человека к жизни, Роза.

Ты готова на такие жертвы?
Дерг

ХЕ-ХЕ-ХЕ... ЭДВАРД ЭЛРИК! И ТОГДА ТЫ РЕШИЛ СТАТЬ ГОСУДАРСТВЕННЫМ АЛХИМИКОМ?
НУ РАЗВЕ НЕ СМЕШНО?!

ЗАТКНИСЬ! БЕЗ КАМНЯ ТЫ НИ НА ЧТО НЕ СПОСОБЕН, ЖУЛИК ЧЕРТОВ!

ЯСНО, ЯСНО. ТАК ВОТ ЗАЧЕМ ТЕБЕ ФИЛОСОФСКИЙ КАМЕНЬ...
И ПРАВДА, С ЕГО ПОМОЩЬЮ ВЫ СМОЖЕТЕ СОВЕРШИТЬ ТРАНСМУТАЦИЮ ЧЕЛОВЕКА.
ХЕ-ХЕ-ХЕ!
ДА НЕТ ЖЕ, ЛЫСАЯ БАШКА! ОН НАМ НУЖЕН, ЧТОБЫ ВЕРНУТЬ СВОИ ПРЕЖНИЕ ТЕЛА!

ХОТЯ ПОЛУЧИТСЯ ЛИ ЭТО, ЕЩЕ ВОПРОС!

ГОСПОДИН ОСНОВАТЕЛЬ, ПОВТОРЯЕМ ЕЩЕ РАЗ...
ОТДАЙТЕ КАМЕНЬ, А ТО ХУЖЕ БУДЕТ.

ВЖУХ
ХЕ-ХЕ... ГЛУПЦЫ, ВЫ СЛИШКОМ БЛИЗКО ПОДО-БРАЛИСЬ К БОГУ И БЫЛИ НИЗ-ВЕРГНУТЫ НА ЗЕМЛЮ...
И СЕЙЧАС Я САМ...

ЛЯЗГ
...ОТПРАВ-ЛЮ ВАС К БОГУ!
БАХ
БАХ
БАХ

ХА-ХА-ХА!
БАМ
БАМ
БАМ
БАМ
А?!

НЕТ. БОГ, ДОЛЖНО БЫТЬ, МЕНЯ НЕНАВИДИТ.
ТРЕСК

ДУМАЮ, ЕСЛИ Я ЗАЯВЛЮСЬ, ОН СНОВА МЕНЯ ПРО-ГОНИТ!
ШУУ

ЧЕРТ!

БАЦ
?!
АХ ТЫ...
ШУРХ
Ой-ой-ой!
АААА!
БАЦ
БАЦ
БАЦ

АЛ! УХОДИМ, БЫСТРО!
ИДИОТЫ! ДВЕРЬ МОЖНО ОТКРЫТЬ ТОЛЬКО С МОЕГО ПУЛЬТА!

О, ПРАВДА?
ХЛОП!
ВЖУХ

ТУДУМ!
ЧЕГО?!

БАЦ
ЕСЛИ ВЫХОДА НЕТ, СДЕЛАЙ ЕГО САМ!

ЧТО СТОИТЕ?! ЗА НИМИ!
ТОПОТ
ЭТО ЕРЕТИКИ, ЗАДУМАВШИЕ УНИЧТОЖИТЬ НАШЕ УЧЕНИЕ!
ЖИВО, ХВАТАЙТЕ ИХ!

ОНИ ЗДЕСЬ!
А НУ СТОЙТЕ!
ЭЙ, ПАЦАН! ДУМАЕШЬ, СМОЖЕШЬ СПРАВИТЬСЯ С ТАКОЙ ТОЛПОЙ ГОЛЫМИ РУКАМИ?
СДАВАЙТЕСЬ, ПОКА МЫ НЕ СДЕЛАЛИ ВАМ БОЛЬНО...

топ
топ
топ
хмык
хлоп
А?
пшш
вжух

бац
бац
и-и-и!
Черт... сильный гад!
И не смотрите, что он всего лишь ребенок!

НУ-КА, С ДОРОГИ...
あしげっ
БАЦ
ド
ШЛЕП
Фью
Жестоко...

О?

А ЧТО ЭТО ЗА КОМНАТА?
ОТСЮДА ОСНОВАТЕЛЬ ЧИТАЕТ РАДИОПРОПОВЕДИ...

ХО-ХО!
О, УЖЕ ЗАДУМАЛ КАКУЮ-ТО ПАКОСТЬ.

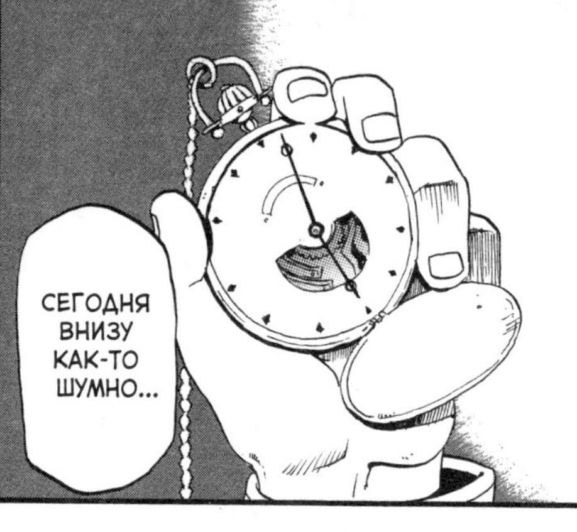
СЕГОДНЯ ВНИЗУ КАК-ТО ШУМНО...

ОХ... ЭЙ, ЧЕГО КОПАЕШЬСЯ?!
УЖЕ ДАВНО ПОРА ЗВОНИТЬ!

КОЛОКОЛ...
ЧТО?

...ПРОПАЛ.
В СМЫСЛЕ?

Я ДО СИХ ПОР НЕ МОГУ ПОВЕРИТЬ В ТО, ЧТО ВЫ СКАЗАЛИ.
НЕУЖЕЛИ ТРАНСМУТАЦИЯ ПРАВДА ТРЕБУЕТ ТАКИХ ЖЕРТВ?
БАМ
КАК МЫ УЖЕ ГОВОРИЛИ, В ОСНОВЕ АЛХИМИИ ЛЕЖИТ РАВНОЦЕННЫЙ ОБМЕН.

ЕСЛИ ХОЧЕШЬ ЧТО-ТО ПОЛУЧИТЬ, НУЖНО ОТДАТЬ ЧТО-ТО РАВНОЦЕННОЕ.
МОЕГО БРАТА НАЗЫВАЮТ ГЕНИЕМ, ОДНАКО ВСЕ ЕГО ДОСТИЖЕНИЯ ОПЛАЧЕНЫ УСЕРДНЫМ ТРУДОМ.

НО РАЗ ВЫ СТОЛЬ МНОГИМ ПОЖЕРТВОВАЛИ, ВАША МАМА...

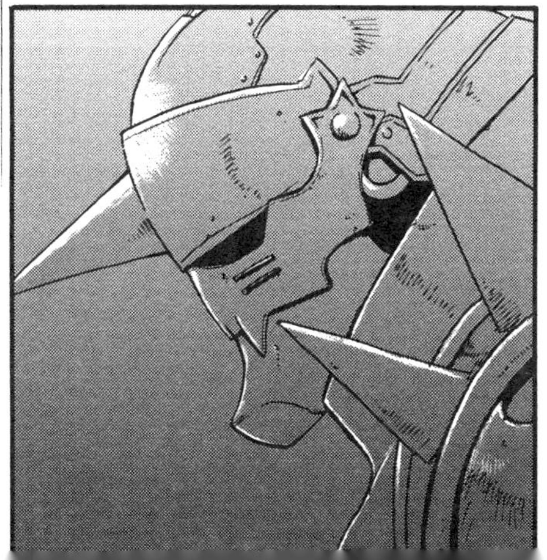

ОНО НЕ БЫЛО ПОХОЖЕ НА ЧЕЛОВЕКА.

НО... ПОЧЕМУ?!
ВЕДЬ ТВОЯ ТЕОРИЯ БЫЛА БЕЗУПРЕЧНА!
ДА, В НЕЙ НЕ БЫЛО ОШИБКИ...
ОШИБКА...
...В НАС САМИХ...
!..

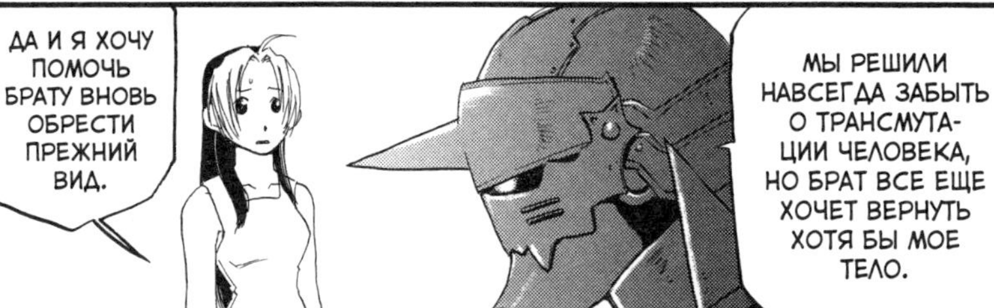
МЫ РЕШИЛИ НАВСЕГДА ЗАБЫТЬ О ТРАНСМУТАЦИИ ЧЕЛОВЕКА, НО БРАТ ВСЕ ЕЩЕ ХОЧЕТ ВЕРНУТЬ ХОТЯ БЫ МОЕ ТЕЛО.
ДА И Я ХОЧУ ПОМОЧЬ БРАТУ ВНОВЬ ОБРЕСТИ ПРЕЖНИЙ ВИД.

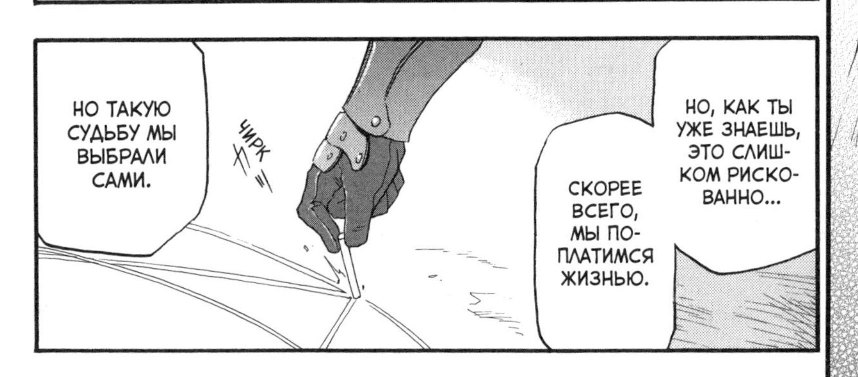
НО, КАК ТЫ УЖЕ ЗНАЕШЬ, ЭТО СЛИШКОМ РИСКОВАННО...
СКОРЕЕ ВСЕГО, МЫ ПОПЛАТИМСЯ ЖИЗНЬЮ.
ЧИРК
НО ТАКУЮ СУДЬБУ МЫ ВЫБРАЛИ САМИ.

Тогда как тебе, Роза...
...не стоит идти этим путем.

БАМ

Щенок! Ну все, попался! Больше не сбежишь!
Уфф... Уфф... Уфф...

Может, сдашься наконец? Скоро весь город узнает о твоем обмане.
Поговори еще! В церкви повсюду мои люди, эти идиоты-прихожане под моим полным контролем!

ОХ, КАК ЖЕ МНЕ ЖАЛЬ ТЕХ, КТО ВЕРИТ ТЕБЕ.
ЭТИ ЛЮДИШКИ — ПРОСТО НИЧТОЖНЫЕ ПЕШКИ В МОЕЙ ИГРЕ! А ПЕШЕК НИКТО НЕ ЖАЛЕЕТ!

К ТОМУ ЖЕ ОНИ САМИ БУДУТ СЧАСТЛИВЫ УМЕРЕТЬ РАДИ СВОЕГО БОГА!
ХМЫК
ИМ НЕ ОТЛИЧИТЬ ЧУДА ОТ АЛХИМИИ! А Я ВСЕГДА СМОГУ ПОЛУЧИТЬ СКОЛЬКО УГОДНО НОВЫХ ПЕШЕК, ОБРАТИВ ИХ В СВОЮ ВЕРУ!

ХЕ...

ХЛОП
ХЛОП
ХА-ХА-ХА-ХА-ХА!
ЧТО СМЕШНОГО?!

ХА-ХА-ХА-ХА!
И ТЫ ДУМАЕШЬ, ЧТО ТЕБЕ ПОД СИЛУ ОСТАНОВИТЬ МЕНЯ?!

ХЕ-ХЕ!
ГОВОРИЛ ЖЕ, ЛЫСАЯ БАШКА, ТЫ ВСЕГО ЛИШЬ ТРЕТЬЕРАЗ-РЯДНЫЙ ШАРЛАТАН!

СОПЛЯК! ТЫ ОПЯТЬ ЗА СВОЕ?!

ЭТО ВИДИШЬ? ♪
ON
OFF

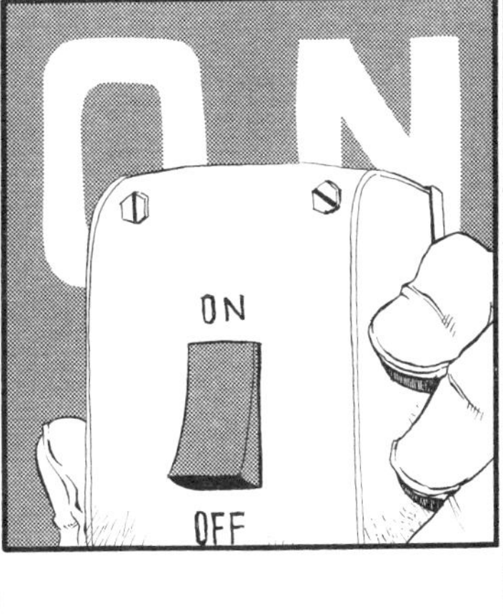
ON
ON
OFF

НЕ...
ТАДАМ

НЕ МОЖЕТ БЫТЬ...
АХ ТЫ...
ТРЕСК
ТРЕСК

КАК ДАВНО ОН ВКЛЮ-ЧЕН?!
С САМОГО НАЧАЛА.♡ ЭТО ПОЛНОЕ РАЗОБЛА-ЧЕНИЕ! ♡
Д-Д-ДА КАК ЖЕ ЭТО?

ДЕРГ
ВОТ ВЕДЬ ГАД...
ВЖИХ
УБЬЮ!
ВЖИХ
НЕ УСПЕЕШЬ!
БАМ
ВЖИХ

СТУК

ТЫ ЕЩЕ НЕ ПОНЯЛ? МЫ В РАЗНЫХ ВЕСОВЫХ КАТЕГОРИЯХ.

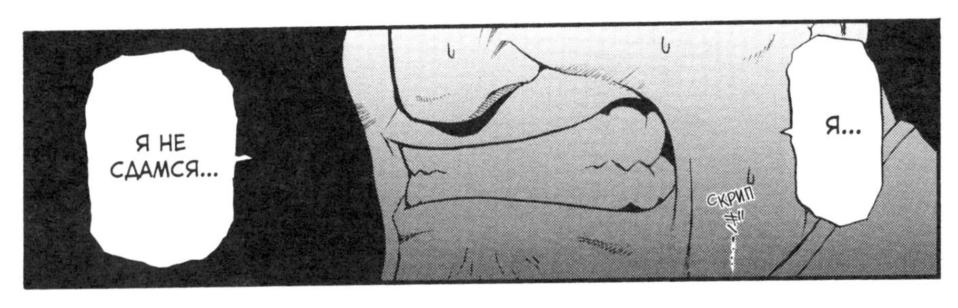
Я...
СКРИП
Я НЕ СДАМСЯ...

С ЭТИМ КАМНЕМ Я МОГУ СОВЕРШАТЬ ЛЮБЫЕ ЧУДЕСА...
ВЖУХ
ЧЕРТ...

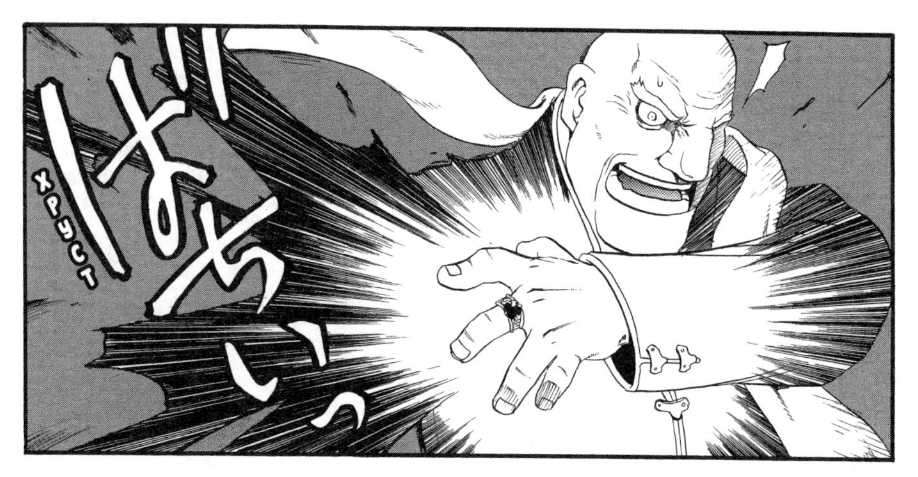
ХРУСТ

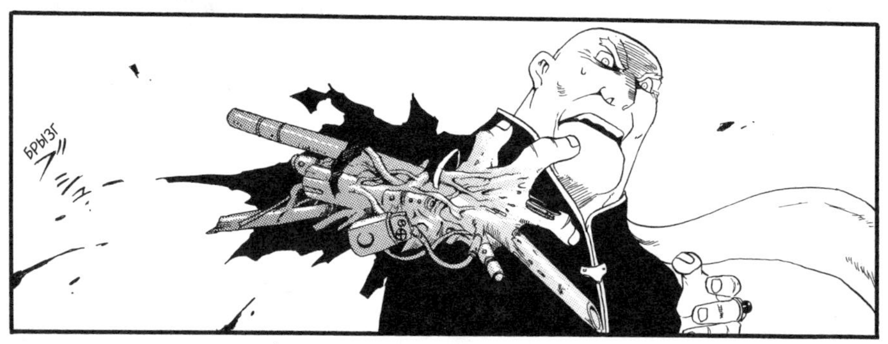
БРЫЗГ

ААААААА!
Р-РУКА... МОЯ РУКА!
ЧТО?
ПОЧЕ-МУ?
КАК?
А-А-А! БОЛЬНО-О-О-О-О-О-О!

ЗА-ТКНИСЬ!
А-А-А-А!
ДЕРГ
ЭТО ПРОСТО ОТДАЧА!
ХОРОШ ОРАТЬ! ПОДУМА-ЕШЬ, ОДНА РУКА ИЛИ ДВЕ!
И-И-И...
КАМЕНЬ! ПОКАЖИ ФИЛО-СОФСКИЙ КАМЕНЬ!
ТРЕСК
И-И... К-КА-МЕНЬ?!

ШУРХ
СТУК
ШУРХ
ШУРХ

РАЗ... БИЛ- СЯ...

КАК ЖЕ ТАК?! ЭТО ВЕДЬ ФИЛОСОФСКИЙ КАМЕНЬ, «ИДЕАЛЬНОЕ ВЕЩЕСТВО»! КАК ОН МОГ РАЗБИТЬСЯ?!
Н-НЕ ЗНАЮ, НЕ ЗНАЮ! Я НИ О ЧЕМ ТАКОМ НЕ СЛЫШАЛ!

А-А, ПОМОГИ МНЕ, УМОЛЯЮ! ПРОСТИ МЕНЯ...
ФАЛЬШИВКА?
БЕЗ КАМНЯ Я НИ НА ЧТО НЕ СПОСОБЕН, ПОМОГИ-И!

МЫ ПРОДЕЛАЛИ ВЕСЬ ЭТОТ ПУТЬ...
Я ДУМАЛ, МЫ НАКОНЕЦ-ТО СМОЖЕМ ВЕРНУТЬ УТРАЧЕННОЕ...
А ЭТО ВСЕГО ЛИШЬ ПОДДЕЛКА...
ШУХ

ТАДАМ
...

ХЕ-ХЕ-ХЕ... ВОТ ОНО!
ПО КРАЙНЕЙ МЕРЕ, Я УБЬЮ МАЛЬЧИШКУ!
ЭТО МОЙ ШАНС!

ЭЙ, ДЯДЯ...
ТУДУМ
ЧТО?!
ТРЕСК
ТЫ ОБМАНЫВАЛ ГОРОЖАН, ДА ЕЩЕ И НАС ХОТЕЛ УБИТЬ.
ТРЕСК
НУ...

УУУ
УУУ
СТОЛЬКО ПРОБЛЕМ НА НАШИ ГОЛОВЫ, И В ИТОГЕ ФИЛОСОФСКИЙ КАМЕНЬ ОКАЗАЛСЯ ФАЛЬШИВКОЙ?
А?
УУУ
УУУ
ААА!
ТРЕСК
ТРЕСК

ВЖУХ
ТРЕСК
ТРЕСК

БАБАХ
ШУРХ
НУ, ЩА Я ТЕБЕ УСТРОЮ, МАЛО НЕ ПОКА-ЖЕТСЯ!!!
ТРЕСК
ТРЕСК

ВОТ ТЕБЕ ЖЕЛЕЗНЫЙ МОЛОТ БОГА!
О гос поди...

ПОД-ДЕЛКА?
ДА. ТОЛЬКО ВРЕМЯ ЗРЯ ПОТРА-ТИЛИ.
ПШШ

А Я УЖЕ ТАК РА-ДОВАЛСЯ — ДУМАЛ, ТЕЛО ТЕБЕ ВЕР-НЕМ...
ЭХ...
НЕТ, БРАТЕЦ, СНАЧАЛА НУЖНО ПОЗАБОТИТЬСЯ О ТЕБЕ. АВТО-БРОНЯ НАВЕР-НЯКА ПРИЧИ-НЯЕТ КУЧУ НЕУДОБСТВ.
УФ...

ОХ...
НУ НИЧЕГО НЕ ПОДЕЛА-ЕШЬ, БУДЕМ ИСКАТЬ ДАЛЬШЕ...

НЕ МОЖЕТ БЫТЬ...

ОН СОЛГАЛ... А ВЕДЬ...
...ОБЕЩАЛ ВЕРНУТЬ ЕГО...

ЗАБУДЬ, РОЗА. ПРЕ-ПОДОБНЫЙ С САМОГО НАЧАЛА...
ЧТО ВЫ НАТВО-РИЛИ?!

И ЧТО МНЕ ТЕПЕРЬ ДЕЛАТЬ?!
РАДИ ЧЕГО ЖИТЬ?!

ОТВЕ-ЧАЙТЕ!
СКА-ЖИТЕ ХОТЬ ЧТО-НИ-БУДЬ!
ЭТО ТВОЯ ЖИЗНЬ — РЕШАТЬ ТОЛЬКО ТЕБЕ.

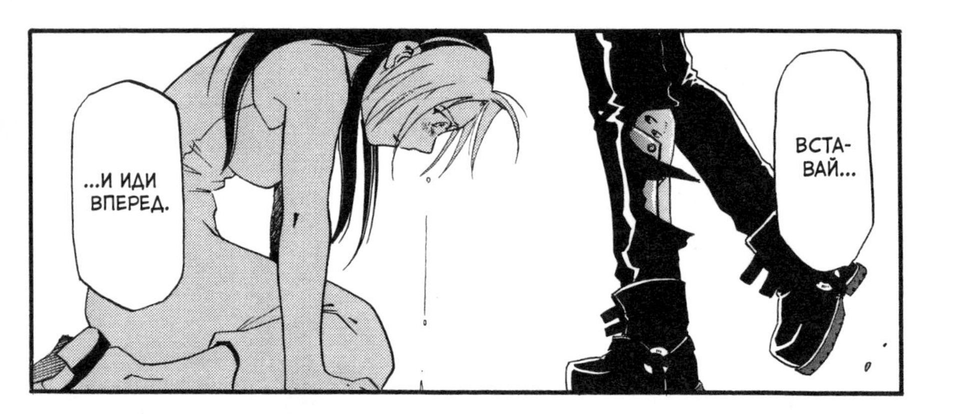
ВСТА-
ВАЙ...
...И ИДИ
ВПЕРЕД.

У ТЕБЯ
ДЛЯ ЭТОГО
ЕСТЬ ОТЛИЧ-
НЫЕ НОГИ.

ГДЕ ОСНОВАТЕЛЬ?!
БАЦ
ЧТО ПРОИСХОДИТ?!
НАС ОБМАНУЛИ?!
БАЦ
ОТКРЫВАЙТЕ!
Мы требуем объяснений!
Уфф!
Уфф!
Уфф!
ПРОКЛЯТЬЕ!

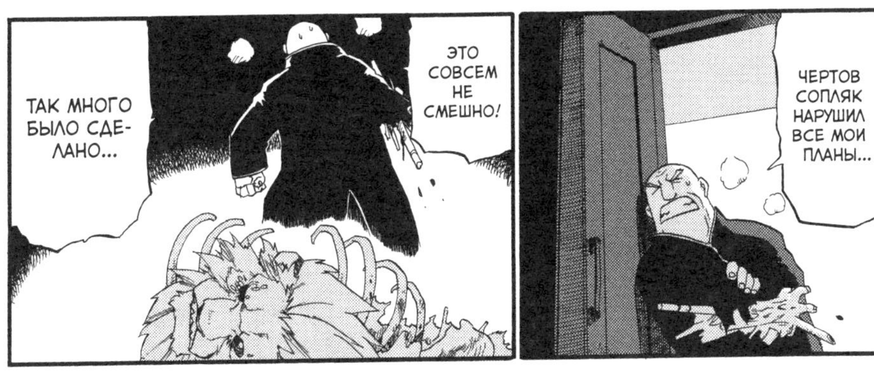
ЧЕРТОВ СОПЛЯК НАРУШИЛ ВСЕ МОИ ПЛАНЫ...
ЭТО СОВСЕМ НЕ СМЕШНО!
ТАК МНОГО БЫЛО СДЕЛАНО...

И ПРАВДА, МЫ ОЧЕНЬ ДАЛЕКО ПРОДВИНУЛИСЬ, А ТЕПЕРЬ ВСЕ ПОШЛО ПРАХОМ.

СТОИЛО НАМ ОТЛУ-ЧИТЬСЯ НА ВРЕМЯ, КАК ТЫ УСТРОИЛ ТУТ НЕВЕСТЬ ЧТО.
НЕПО-РЯДОК, ПРЕПО-ДОБНЫЙ.

Д-ДА ЧТО ВСЕ ЭТО ЗНАЧИТ?!

КАМЕНЬ, КОТОРЫЙ ВЫ МНЕ ДАЛИ, РАС-СЫПАЛСЯ В ПЫЛЬ!
ВЫ ВСУЧИЛИ МНЕ ПОД-ДЕЛКУ!
А КАК МЫ МОГЛИ ДОВЕРИТЬ НАСТОЯЩИЙ КАМЕНЬ КОМУ-ТО ВРОДЕ ТЕБЯ?

УГХ... ВЫ СКАЗА-ЛИ, С ЕГО ПОМОЩЬЮ Я СМОГУ ЗАХВАТИТЬ ВСЮ СТРАНУ!
ЧАВК
ХМ, Я ТАКОЕ ГОВОРИЛА?
НАМ НУЖНО БЫЛО ТОЛЬКО УСТРОИТЬ НЕБОЛЬШОЙ ПЕРЕПОЛОХ В ЭТОМ РАЙОНЕ.

А ТЫ ЧЕГО ХОТЕЛ? НЕУЖЕЛИ НА САМОМ ДЕЛЕ ДУМАЛ, ЧТО ТРЕТЬЕРАЗРЯДНЫЙ ШАРЛАТАН ВРОДЕ ТЕБЯ СМОЖЕТ ПРАВИТЬ ЦЕЛОЙ СТРАНОЙ?

ХА-ХА-ХА! КАКОЙ НАИВНЫЙ!
ЭЙ, ПОХОТЬ, МОЖНО, Я ЕГО СЪЕМ? МОЖНО?
НЕЛЬЗЯ, ОБЖОРСТВО. ОТ НЕГО У ТЕБЯ ТОЛЬ-КО ЖИВОТ ЗАБОЛИТ.
ШУРХ

НЕ СТОИТ ПИТАТЬСЯ МЯСОМ ТРЕТЬЕГО...
...НЕТ, ЧЕТВЕРТОГО СОРТА.
А-А-А-А! ХВАТИТ ВЫ-СТАВЛЯТЬ МЕНЯ ИДИОТОМ...
ШИХ

ВЖИХ

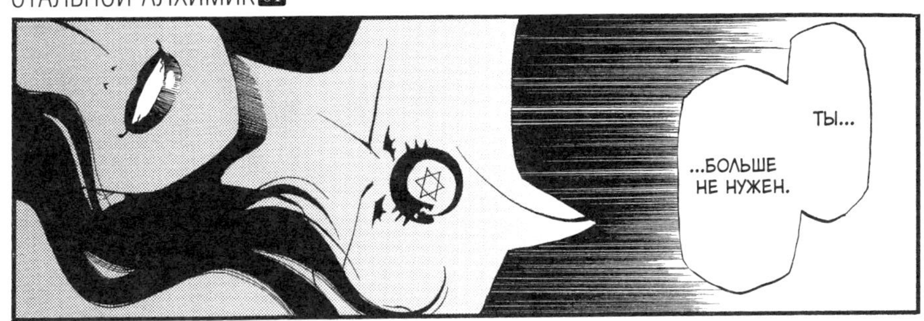
ТЫ...
...БОЛЬШЕ НЕ НУЖЕН.

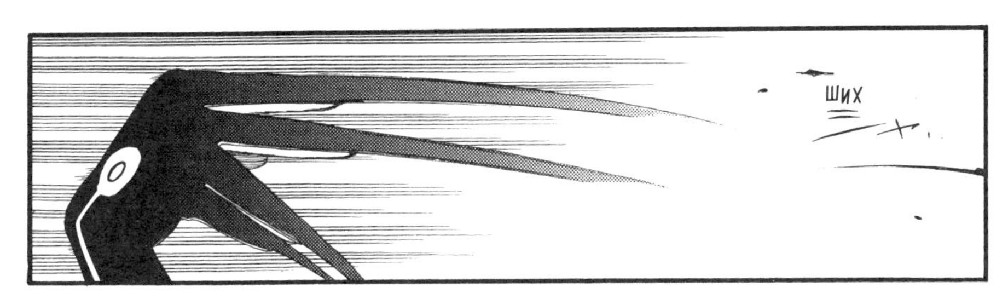
ШИХ

БРЫЗГ

МЫ БЫЛИ ТАК БЛИЗКИ К СВОЕЙ ЦЕЛИ, А ТЕПЕРЬ ПРИДЕТСЯ НАЧИНАТЬ ВСЕ СНАЧАЛА...
ВЖИХ
ОХ, НУ ОТЕЦ И РАЗОЗЛИТСЯ...
ДЕРГ ДЕРГ

ГЫ...♪
ЧТО ЖЕ ДАЛЬШЕ?

ХРУСТ
ТРЕСК
ЭЙ, Я ЖЕ СКАЗАЛА, НЕ ЕШЬ ЕГО!

FULLMETAL ALCHEMIST

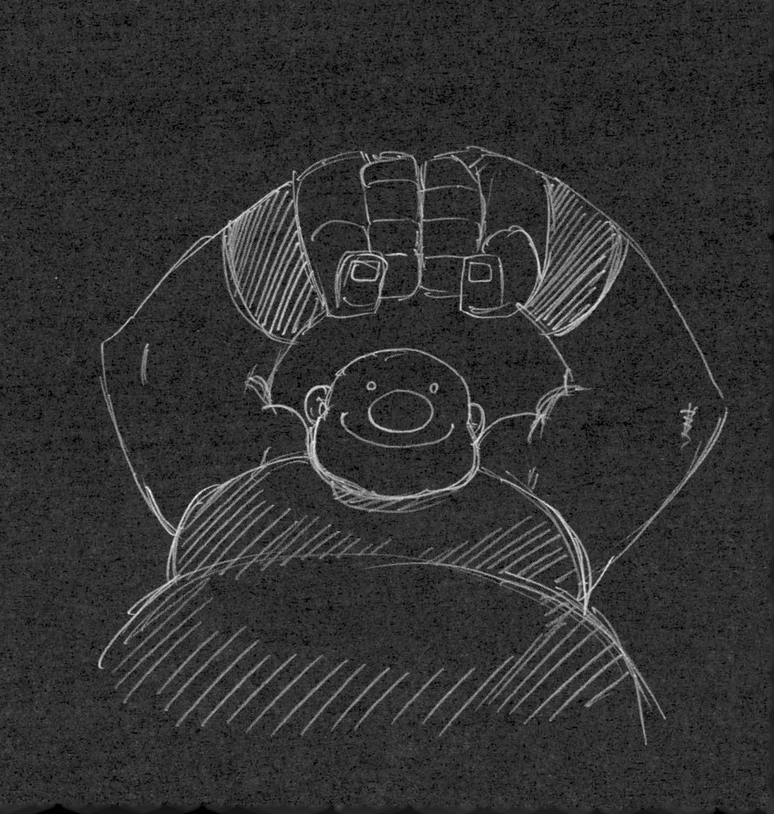

ВУУ
Тудух
Тудух
Тудух
Тудух
В ВАГОНЕ БОЛЬШЕ НИКОГО...
ТАДАМ
ТУДУМ
ТУДУХ
ДО МЕНЯ, КОНЕЧНО, ДОХОДИЛИ СЛУХИ, НО Я НЕ ДУМАЛ, ЧТО ВСЕ НАСТОЛЬКО ПЛОХО...
ХОТЯ СМОТРЕТЬ-ТО ЗДЕСЬ ОСОБО И НЕ НА ЧТО.

ТИПИЧНЫЙ ГОРОДИШ-КО ВОС-ТОЧНЫХ ОКРАИН.
ШАХТА ЮСВЕЛЛ.
YOUSWELL
Глава 3
ШАХТЕРСКИЙ ГОРОДОК

БАМ
БАМ
БАМ

БАМ
БАМ
БАМ
МНЕ КАЗАЛОСЬ...

...НА ШАХТЕ ДОЛЖНО БЫТЬ НЕМНОГО ОЖИВЛЕННЕЕ...

А ТУТ ВСЕ ПОЛЗАЮТ КАК МУХИ...

ОХ, ИЗВИНИТЕ!
БАЦ

О!
БОЛЬНО ЖЕ!
ВЫ КТО?
ТУРИСТ?
ОТКУДА?
ХОТИТЕ ПООБЕДАТЬ?
УЖЕ РЕШИЛИ, ГДЕ ОСТАНОВИТЕСЬ?
А...
НЕТ...
ПОГОДИ...

ПАПА! КЛИЕНТ!
ТЫ МЕНЯ ВООБЩЕ НЕ СЛУШАЕШЬ!
А? В ЧЕМ ДЕЛО, КАЯЛ?
КЛИЕНТ! ДЕНЕЖНЫЙ МЕШОК!
КАКОЙ Я ТЕБЕ ДЕНЕЖНЫЙ МЕШОК?!
ПРИВЕТ!
ХМЫК

ИЗВИНИТЕ, У НАС НЕМНОГО ГРЯЗНО.
ЗАРПЛАТА НА ШАХТЕ МАЛЕНЬКАЯ, ПРИХОДИТСЯ ИСКАТЬ ДОПОЛНИТЕЛЬНЫЙ ДОХОД.
ДА ЧТО ТЫ ГОВОРИШЬ, ПАПАША!
САМ ЖЕ ДЕЛИШЬСЯ СВОЕЙ НИЧТОЖНОЙ ЗАРПЛАТОЙ С ТЕМИ, КОМУ СОВСЕМ ТУГО ПРИХОДИТСЯ!
ТВОЯ ЖЕНУШКА НЕБОСЬ ВСЕ ВРЕМЯ ПЛАЧЕТ.
ЗАТКНИТЕСЬ!

ЧЕМ БОЛТАТЬ ПОПУСТУ, ЛУЧШЕ ПЛАТИТЕ-КА ЗА ВЫПИВКУ!
ХА-ХА-ХА-ХА!
ЗНАЧИТ, ДВА ОБЕДА И КОМНАТА НА ОДНУ НОЧЬ?
Сколько с нас?

А ЕСЛИ МНОГО ЗАПРОШУ?
ХММ
にやり
НЕ ВОЛНУЙТЕСЬ, ДЕНЕГ У НАС ДОСТАТОЧНО.
200 ТЫСЯЧ!
БАМ

ЭТО ЖЕ ПРОСТО ВЫМОГАТЕЛЬСТВО!
Многовато нулей!
Я ЖЕ ПРЕДУПРЕЖДАЛ, ЧТО БУДЕТ ДОРОГО.
ТУРИСТЫ ЗДЕСЬ РЕДКОСТЬ, ВОТ И ПРИХОДИТСЯ ПОЛЬЗОВАТЬСЯ ЛЮБОЙ ВОЗМОЖНОСТЬЮ ПОДЗАРАБОТАТЬ.
НУ УЖ НЕТ. МЫ ПОИЩЕМ ДРУГУЮ НОЧЛЕЖКУ.
КУДА СОБРАЛСЯ, ДЕНЕЖНЫЙ МЕШОК?!
ХВАТЬ
И-И...
ЗАБУДЬТЕ, В ОКРУГЕ ВСЕ ЦЕНЫ ОДИНАКОВЫЕ.
НЕ ХВАТАЕТ...
ПРИДЕТСЯ ПРЕВРАТИТЬ ПАРУ КАМНЕЙ В ЗОЛОТЫЕ СЛИТКИ!
НО ТРАНСМУТАЦИИ ЗОЛОТА ЗАПРЕЩЕНЫ ЗАКОНОМ!
ШУ ШУ ШУ ШУ
ЕСЛИ НИКТО НЕ УЗНАЕТ, ТО МОЖНО. ЕСЛИ НИКТО НЕ УЗНАЕТ...
Хе-хе-хе-хе-хе!
БРАТЕЦ, ДА ТЫ ПРОСТО ЗЛОДЕЙ!
ПАПА, ЭТОТ ПАРЕНЬ — АЛХИМИК!

ХЛОП
ВЖУХ
А!

ОООООООООО!

Круто!
ВОТ УДАЧА! НАШИ ДОЛГОЖДАННЫЕ КЛИЕНТЫ ОКАЗАЛИСЬ АЛХИМИКАМИ!
Как новенькая!

Я ТОЖЕ КОГДА-ТО ПЫТАЛСЯ ИЗУЧАТЬ АЛХИМИЮ...
...НО ОКАЗАЛОСЬ, ЧТО У МЕНЯ НЕТ К НЕЙ НИКАКИХ СПОСОБНОСТЕЙ, И Я БРОСИЛ.
ЛАДНО, РАЗ УЖ ВЫ МОЙ КОЛЛЕГА, СДЕЛАЮ ВАМ СКИДКУ.
Починку кирки тоже учту.
ЗДОРОВО!

С БО-О-ОЛЬШОЙ СКИДКОЙ ПОЛУЧАЕТСЯ 100 ТЫСЯЧ.
ВСЕ РАВНО ДОРОГО!
КСТАТИ, Я НЕ СПРОСИЛ, КАК ВАС ЗОВУТ.
А, НУ ДА.

ЭДВАРД ЭЛРИК.

ШУХ
СТУК

ГОВОРИШЬ, ТЫ АЛХИМИК ЭЛРИК?
ГОСУДАРСТВЕННЫЙ АЛХИМИК?
ХМ...

НУ ВРОДЕ ТОГО...
ШУХ

ДА В ЧЕМ ДЕЛО-ТО?!
ВЫМЕТАЙТЕСЬ!
БАЦ

ЭЙ! МЫ ЖЕ ТВОИ КЛИЕНТЫ!
ВОН ОТСЮДА! ДЛЯ АРМЕЙСКИХ ПСОВ НЕТ ТУТ НИ ЕДЫ, НИ НОЧЛЕГА!
НО Я-ТО ОБЫЧНЫЙ ЧЕЛОВЕК, А НЕ ГОСУДАРСТВЕННЫЙ КТО-ТО ТАМ!
ПРАВДА? ТОГДА ЗАХОДИ!
ААА!
ПРЕДАТЕЛЬ!

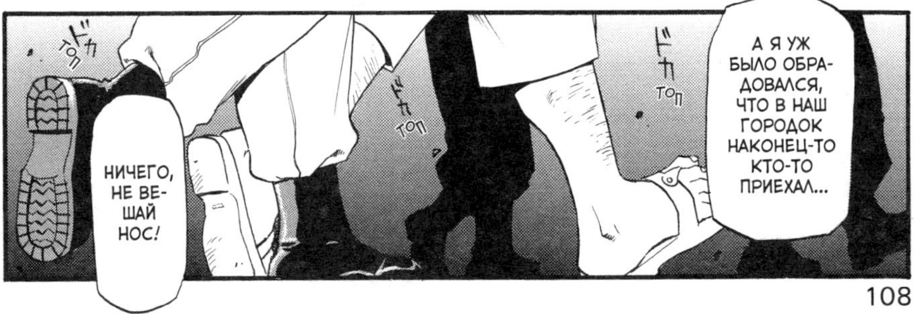
А Я УЖ БЫЛО ОБРАДОВАЛСЯ, ЧТО В НАШ ГОРОДОК НАКОНЕЦ-ТО КТО-ТО ПРИЕХАЛ...
ТОП
ТОП
ТОП
НИЧЕГО, НЕ ВЕШАЙ НОС!

ВЫ ИХ ТАК СИЛЬНО НЕНАВИДИТЕ...
КОНЕЧНО! ЗДЕСЬ НИКТО ВОЕННЫХ НЕ ЛЮБИТ!
В ЭТОМ ГОРОДЕ ВСЕМ ЗАПРАВЛЯЕТ ЛЕЙТЕНАНТ ЁКИ. ОН ДУМАЕТ ТОЛЬКО О ДЕНЬГАХ! ПРОСТО УЖАС!

ЧТО? ЗНАЧИТ, ВЕСЬ ЭТОТ ГОРОД...
ДА. ШАХТА — ЧАСТНАЯ СОБСТВЕННОСТЬ ЁКИ.
КОГДА-ТО ЁКИ РАБОТАЛ В УПРАВЛЕНИИ ШАХТЫ, НО ПОТОМ РЕШИЛ ПОДНЯТЬСЯ ВЫШЕ.
В ЦЕНТРАЛЕ ОН НА ОСОБОМ СЧЕТУ. ГОВОРЯТ, ПОСТОЯННО ДАЕТ ТАМОШНИМ ЧИНОВНИКАМ ВЗЯТКИ.
ДА И ЗВАНИЕ СВОЕ ТОЖЕ КУПИЛ.

ПОЛЬЗУЯСЬ СВОЕЙ ВЛАСТЬЮ, ОН ПЛАТИТ НАМ МИЗЕРНУЮ ЗАРПЛАТУ!
МЫ ПЫТАЛИСЬ ЖАЛОВАТЬСЯ НАЧАЛЬСТВУ, НО ТАМ ВСЕ ИМ КУПЛЕНЫ, И НА НАС НЕ ОБРАЩАЮТ ВНИМАНИЯ!
НУ? РАЗВЕ НЕ ПОДЛЕЦ?
И ВСЕ ГОСУДАРСТВЕННЫЕ АЛХИМИКИ ИЗ ТОЙ ЖЕ ШАЙКИ.

«АЛХИМИКИ СЛУЖАТ НАРОДУ».
СЧИТАЕТСЯ, ОНИ ДОЛЖНЫ ГОРДИТЬСЯ ЭТИМ.
НО Я НИКОГДА НЕ ПРОЩУ ТЕХ, КТО ПРОДАЕТ ДУШУ ВОЕННОМУ ГОСУДАРСТВУ В ОБМЕН НА ОСОБЫЕ ПРИВИЛЕГИИ.

УРРРРРРРР
ЕСТЬ ХОЧУ...
УРРРР
ЧЕРТ... АЛ, ВОТ ВЕДЬ ГАД...
ШМЫГ
ШУХ

Я ТАЙКОМ ВЫНЕС ТЕБЕ СВОЮ ПОР-ЦИЮ.
БРА-ТИК!
ХВАТЬ
КАК ЖЕ ТЕБЯ ЛЕГКО ПОДКУ-ПИТЬ...

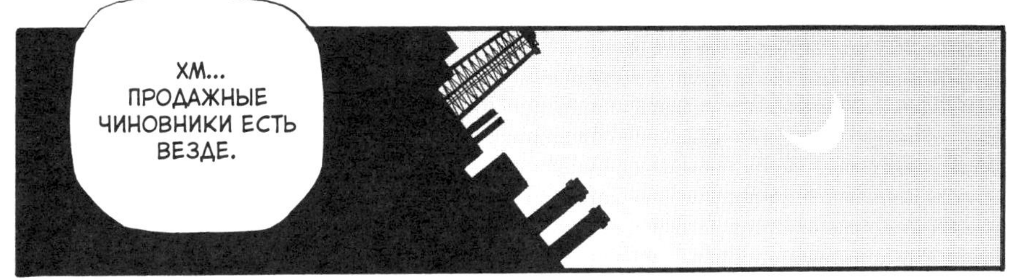
ХМ... ПРОДАЖНЫЕ ЧИНОВНИКИ ЕСТЬ ВЕЗДЕ.

ИЗ-ЗА ЭТОГО ЁКИ ЛЮДЯМ ДАЖЕ НА ЕДУ НЕ ХВАТАЕТ.

ВОТ КАК?

ДА УЖ, НАМ ИЗ-ЗА НЕГО ТОЖЕ ДОСТАЛОСЬ...
МЕНЯ НЕВЗЛЮБИЛИ ТОЛЬКО ЗА ТО, ЧТО Я ВОЕННЫЙ.
Я, КОНЕЧНО, БЫЛ ГОТОВ К ТРУДНОСТЯМ, КОГДА РЕШИЛ СТАТЬ ГОСУДАРСТВЕННЫМ АЛХИМИКОМ...
НО ЧТОБЫ МЕНЯ ТАК НЕНАВИДЕЛИ...
...
МОЖЕТ, И МНЕ СТАТЬ ГОСУДАРСТВЕННЫМ АЛХИМИКОМ?

ДА БРОСЬ! ХВАТИТ И ТОГО, ЧТО Я ХОЖУ ПО ЛЕЗВИЮ БРИТВЫ!
ОПУСТИТЬСЯ ДО УРОВНЯ АРМЕЙСКИХ ПСОВ...
И ВОЗРАЗИТЬ-ТО НА ЭТО НЕЧЕГО.

К ТОМУ ЖЕ МЫ НАРУШИЛИ ЗАПРЕТ, И НАШИ ТЕЛА...

ЧТО БЫ СКАЗАЛА УЧИТЕЛЬ, ЕСЛИ БЫ УЗНАЛА...
ЭХ...

У...
УБИЛА БЫ!
ДЕРГ

С ДОРОГИ, С ДОРОГИ!
СТУК

У ТЕБЯ, КАК ВСЕГДА, ГРЯЗНО, ХОЛЛИНГ.
А, ЭТО ЖЕ ГОСПОДИН ЛЕЙТЕНАНТ. ДОБРО ПОЖАЛОВАТЬ В НАШЕ УБОГОЕ ЗАВЕДЕНИЕ.
ПРЕКРАСНЫЙ ПРИЕМ.
ТОП
Я УЗНАЛ, ЧТО ТЫ ЗАДЕРЖИВАЕШЬ УПЛАТУ НАЛОГОВ.
ЭТО ОТНОСИТСЯ НЕ ТОЛЬКО К ТЕБЕ, НО И КО ВСЕМУ ГОРОДУ.
УЖ ПРОСТИТЕ, НО НАМ ЕДВА НА ЖИЗНЬ ХВАТАЕТ.
ХМ... НО ПРИ ЭТОМ ВЫ МОЖЕТЕ ПОЗВОЛИТЬ СЕБЕ ВЫПИВКУ...

ЗНАЧИТ, МОЖНО ЕЩЕ НЕМНОГО ПОНИЗИТЬ ВАШУ ЗАРПЛАТУ?
ЧТО?!
ВОТ ЖЕ...
ШЛЕП
ДА ВЫ ИЗДЕВА-ЕТЕСЬ!
ЛЕЙТЕ-НАНТ!
АХ ТЫ ПАРШИ-ВЕЦ!

ШЛЕП

КАЯЛ!
БАЦ

ЛЯЗГ
НЕ ДУ-МАЙТЕ, ЧТО Я ПОЩАЖУ РЕБЕН-КА.

ЭТО БУДЕТ УРОКОМ ДЛЯ ВСЕХ ВАС.
!!!
ЛЯЗГ

?!
ЧЕГО?!
Хрустит?
ХРУСТ

Э... ЭТО ЧТО ЕЩЕ ЗА ПАЦАН?!
А? А?
А-а-а!
Хлюп
А а!
ДА ТАК, МИМО ПРОХОДИЛ.

НЕ ЛЕЗЬ НЕ В СВОЕ ДЕЛО!
Я ПРОСТО ЗАМЕТИЛ ВАС, ЛЕЙТЕНАНТ...
...И РЕШИЛ ПОЗДОРОВАТЬСЯ.

ЧТО ЭТО?
СЕРЕБРЯНЫЕ ЧАСЫ С ГЕРБОМ ФЮРЕРА И ШЕСТИКОНЕЧНОЙ ЗВЕЗДОЙ!!!
ГХ
ЛЕЙТЕНАНТ, ЧТО ЭТОТ ПАЦАН...
ОЙ!
БАЦ
ИДИОТ!

ТЫ ЧТО, НИКОГДА НЕ СЛЫШАЛ О ГОСУДАРСТВЕННЫХ АЛХИМИКАХ?! ОНИ ЖЕ ПОДЧИНЯЮТСЯ НЕПОСРЕДСТВЕННО ФЮРЕРУ!
БУБУ
БУБУ
СЕРЬЕЗНО?! ЭТА МАЛЯВКА?!

ВОТ ОН, МОЙ ШАНС...
БУБУ
ЧТО?
БУБУ
ЕСЛИ Я ПРОИЗВЕДУ ХОРОШЕЕ ВПЕЧАТЛЕНИЕ, ТО ОБЗАВЕДУСЬ СВЯЗЯМИ В ЦЕНТРАЛЕ!
БУБУ
БУБУ
О, А ВЫ НЕ ТЕРЯЕТЕ ВРЕМЕНИ, ЛЕЙТЕНАНТ!
БУБУ
БУБУ
ГРР
Кажется, я слышал слово «малявка»...

ПРОСТИТЕ МОЕГО ПОДЧИНЕННОГО ЗА ГРУБОСТЬ!
すすす
ШУХ
МЕНЯ ЗОВУТ ЁКИ, Я МЕСТНЫЙ УПРАВЛЯЮЩИЙ.

ЭТА ВСТРЕЧА ПРОСТО ПОДАРОК СУДЬБЫ!
Уж простите за грязь!
НО ВАМ НЕ СТОИТ ОСТАВАТЬСЯ В ЭТОЙ ЛАЧУЖКЕ!
ХОТЬ ЭТО И ПРОВИНЦИЯ, НО ТЕМ НЕ МЕНЕЕ У НАС ЕСТЬ ОТЛИЧНАЯ ГОСТИНИЦА!
ТОГДА ПРОВОДИТЕ МЕНЯ ТУДА, ПОЖАЛУЙСТА!
ЭТОТ СКРЯГА НЕ ПОЗВОЛИЛ МНЕ ОСТАТЬСЯ ЗДЕСЬ НА НОЧЬ.
ГРР
むっ
!!!

ВЫ МЕНЯ ПОНЯЛИ? РАНО ИЛИ ПОЗДНО МЫ ИЗ ВАС ВЫБЬЕМ ВСЕ НАЛОГИ!
Я ЕЩЕ ВЕР-НУСЬ!
ХЛОП
А-А-А, НЕНА-ВИЖУ!
КОГО?
ИХ ВСЕХ!

ПРОШУ, НЕ СТЕС-НЯЙТЕСЬ.

МЫ НАСЛАЖ-ДАЕМСЯ ХОРОШЕЙ ЕДОЙ...
...А ГОРОД В ТАКОМ УЖАСНОМ СОСТОЯ-НИИ...
К МОЕМУ СТЫДУ, У НАС ЕСТЬ НЕКОТО-РЫЕ ЗАТРУДНЕНИЯ СО СБОРОМ НА-ЛОГОВ.

К ТОМУ ЖЕ, КАК ВЫ, НАВЕРНОЕ, ЗАМЕТИЛИ, НАРОД ЗДЕСЬ ДИКИЙ...
ХА-ХА-ХА! МНЕ ТАК НЕУДОБНО ПЕРЕД ВАМИ!
ТО ЕСТЬ ОНИ ЗАБОТЯТ-СЯ ТОЛЬКО О СВОИХ ПРАВАХ, НО ЗАБЫВАЮТ ОБ ОБЯЗАННО-СТИ ПЛАТИТЬ НАЛОГИ?

ИМЕННО! ВЫ МЕНЯ ПРЕКРАСНО ПОНИМАЕТЕ, ГОСПОДИН ЭДВАРД!
ВСЁ В НАШЕМ МИРЕ МОЖНО ОБЪЯС-НИТЬ ЗАКОНОМ РАВНОЦЕННОГО ОБМЕНА — ОСНОВ-НЫМ ЗАКОНОМ АЛХИМИИ.
ЕСЛИ ЕСТЬ ПРАВА, ТО ЕСТЬ И ОБЯЗАН-НОСТИ.

КОНЕЧНО, КОНЕЧНО.
ИМЕННО ТАК.
МОГУ ЛИ Я ТОЖЕ ВОСПОЛЬЗО-ВАТЬСЯ ЭТИМ МИРОВЫМ ЗАКОНОМ?
ДЗЫНЬ

ГОСПОДИН ЭДВАРД, ВЫ ВЕДЬ ГОСУДАР-СТВЕННЫЙ АЛХИ-МИК, А ЗНАЧИТ, ИМЕЕТЕ ВЛИЯНИЕ В ВЫСШИХ КРУГАХ.

ЭТО ПРОСТО ПОРЫВ ДУ-ШИ, НО...

ТО ЕСТЬ...
...ТАК НАЗЫВАЕМАЯ ВЗЯТКА?

ПОРЫВ ДУШИ.

Я БЫ НЕ ХОТЕЛ ПРОЖИТЬ ЖИЗНЬ МЕЛКОГО ЧИНОВ-НИКА В ЭТОЙ ГЛУХОМАНИИ.
ВЫ ЖЕ МЕНЯ ПОНИ-МАЕТЕ?

ПРОШУ, ОТДЫХАЙТЕ.
СПАСИБО.

ЛЕЙТЕНАНТ.

ПО СЛУХАМ, У ХОЛЛИНГА КАЖДЫЙ ВЕЧЕР СОБИРАЮТСЯ ПОДОЗРИТЕЛЬНЫЕ ТИПЫ И ВЫРАЖАЮТ НЕДОВОЛЬСТВО ВАШИМИ ПОРЯДКАМИ.
ХМ, ОНИ УЖЕ ДАВНО РОПЩУТ...
Сколько же от них проблем...

СОЖГИТЕ ЭТУ ДЫРУ ДОТЛА.

カン БАМ
カン
カン БАМ
カン
カン БАМ
КОШМАР...
Я ВИДЕЛ, КАК ВЧЕРА ПОДЧИНЕННЫЕ ЁКИ ЧТО-ТО ЗДЕСЬ ВЫНЮХИВАЛИ.

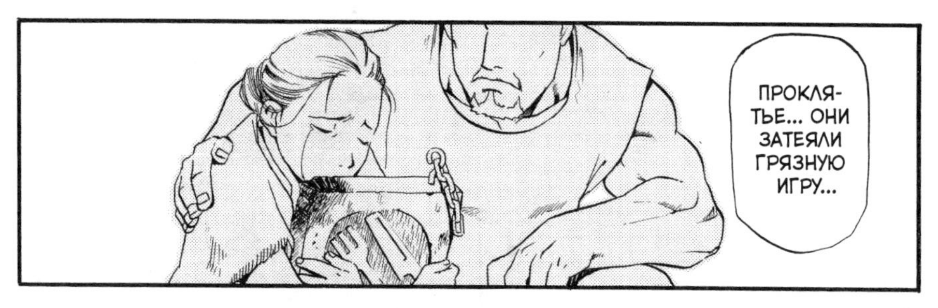
ПРОКЛЯ-
ТЬЕ... ОНИ
ЗАТЕЯЛИ
ГРЯЗНУЮ
ИГРУ...

МОЙ ПАПА
ЗАНИМАЛСЯ
АЛХИМИЕЙ
В НАДЕЖДЕ
СПАСТИ
ГОРОД...

ПОСЛУШАЙ,
ЭД, ТЫ ВЕДЬ
УМЕЕШЬ СОЗДА-
ВАТЬ ЗОЛОТО,
ПРАВДА?
ТАК
СДЕЛАЙ
НЕМНОГО
И ПОМОГИ
ОТЦУ...
И ВСЕМУ
ГОРОДУ!

НЕТ.
НО...
...ПОЧЕ-
МУ НЕТ?
С ТЕБЯ
ЖЕ
НЕ УБУ-
ДЕТ!

ШУРХ
И...
ОСНОВА АЛХИМИИ — РАВНОЦЕННЫЙ ОБМЕН!
Я НИЧЕГО ВАМ НЕ ДОЛЖЕН И НИЧЕМ НЕ ОБЯЗАН.
ДЕРГ
И ТЫ НАЗЫВАЕШЬ СЕБЯ АЛХИМИКОМ?!

ВЕДЬ «АЛХИМИКИ СЛУЖАТ НАРОДУ»!
РАЗВЕ НЕТ?

ДАЖЕ ЕСЛИ Я ДАМ ВАМ ДЕНЕГ, ОНИ ВСЕ ПОЙДУТ НА УПЛАТУ НАЛОГОВ.
И САМ Я С ЭТОГО ТОЖЕ НИЧЕГО НЕ ПОЛУЧУ.

ЕСЛИ ЖИЗНЬ ЗДЕСЬ НАСТОЛЬ-КО ПЛОХА, УЕЗ-ЖАЙТЕ И НАЙ-ДИТЕ РАБОТУ ПОЛУЧШЕ.
ПАРЕНЬ, ТЕБЕ НЕ ПО-НЯТЬ...

ШАХТА — НАШ ДОМ...
...И НАША МОГИ-ЛА.

* Пустая порода, оставшаяся после добычи угля.

ДАЖЕ ЕСЛИ И ПРОТИВ, ТЫ ВЕДЬ ВСЕ РАВНО ЭТО СДЕ-ЛАЕШЬ?
А ЧТО? ЕСЛИ НИКТО НЕ УЗНАЕТ, ТО МОЖНО. ЕСЛИ НИКТО НЕ УЗНАЕТ...
ОХ, КАКОЙ НЕПУТЕВЫЙ БРАТ МНЕ ДОСТАЛСЯ...
ВЖУХ

ЭТО?..
...

Я СКАЗАЛ, МЫ БЫ ХОТЕЛИ КУПИТЬ ВСЕ ПРАВА НА ШАХТУ.
ТАДАМ

КРУ-ТО...
ОНО НАСТОЯ-ЩЕЕ?
ЭТОГО НЕДО-СТА-ТОЧНО?
Ч-Ч-ЧТО ВЫ!

ДА МНЕ ЭТОГО БОЛЕЕ ЧЕМ ДОСТАТОЧНО, ЧТОБЫ ВЫРВАТЬСЯ ОТСЮДА...
Я ДАМ ВЗЯТКУ ВЫСШИМ ЧИНАМ, И ТОГДА... ТОГДА...
Хи-хи-хи...
ТОГДА...
ちら ЗЫРК
АХ ДА, И Я ОБЯЗАТЕЛЬНО РАССКАЖУ О ВАС СВОЕМУ НАЧАЛЬСТВУ.
にっこり ХМЫК

ГОСПОДИН АЛХИМИК!
Ха-ха-ха!
がしっ ТИСК!!
НО ТРАНСМУТАЦИЯ ЗОЛОТА ВНЕ ЗАКОНА...
ПОЭТОМУ, ЧТОБЫ НИКТО НИЧЕГО НЕ УЗНАЛ, ДАВАЙТЕ ОФОРМИМ ДАРСТВЕННУЮ НА ШАХТУ: СДЕЛАЕМ ВИД, ЧТО ШАХТУ ВЫ МНЕ ПЕРЕДАЛИ ДОБРОВОЛЬНО, В ПОДАРОК... Я БЫЛ БЫ ВАМ ОЧЕНЬ БЛАГОДАРЕН...
КОНЕЧНО, НИКАКИХ ПРОБЛЕМ! ДАВАЙТЕ ПОСКОРЕЕ ВСЕ ОФОРМИМ...

ОДНАКО ВЫ КОВАРНЫ, ГОСПОДИН АЛХИМИК!
Хо-хо-хо!
Хе-хе-хе!
ЧТО ВЫ, ДО ВАС МНЕ ДАЛЕКО!
...
Им так весело...

ПОЧЕМУ, ОТЕЦ?!
БАМ
ПОЧЕМУ МЫ НЕ ДОЛЖНЫ ЭТОГО ДЕЛАТЬ?!
ПО-ТОМУ.
Я ЗАПРЕ-ЩАЮ ВАМ ПРИМЕ-НЯТЬ СИЛУ.

ЕСЛИ ТЫ ОТКАЖЕШЬСЯ, МЫ ПОЙДЕМ БЕЗ ТЕБЯ.
АГА, ХВАТИТ С НАС.
ДАЖЕ ЕСЛИ Я ПОГИБНУ, ВСЕ РАВНО ПОСТАРА-ЮСЬ ХОТЬ РАЗ ВРЕЗАТЬ ЁКИ ПО ЕГО ГНУСНОЙ РОЖЕ!

НЕТ! Я НЕ ПОЗВОЛЮ ВАМ СТАТЬ ПРЕ-СТУПНИКАМИ!
НО...

ВСЕМ ПРИВЕТ! ЧЕГО СИДИТЕ ТАКИЕ МРАЧНЫЕ? ВОЗРАДУЙТЕСЬ! ♡
ЧЕГО ПРИПЕРСЯ?
ЭЙ, РАЗВЕ МОЖНО ТАК ОБРАЩАТЬСЯ К УПРАВЛЯЮЩЕМУ?

ШУХ
ЧТО ТЫ СКАЗАЛ?
ЭТО ЖЕ...
ПРАВА НА ДОБЫЧУ И ПРОДАЖУ УГЛЯ, ЭКСПЛУАТАЦИЮ ШАХТЫ И ТАК ДАЛЕЕ.

ОТКУДА ЭТО У ТЕБЯ?
А! И ВСЕ ЭТИ ПРАВА ПЕРЕДАЮТСЯ ЭДВАРДУ ЭЛРИКУ?!
ЧЕГО?!

ТОЧНО! ДРУГИМИ СЛО-ВАМИ...
ТАДАМ
...ЭТА ШАХТА ТЕПЕРЬ ПРИНАД-ЛЕЖИТ МНЕ!
НЕ МОЖЕТ БЫТЬ!!!

НО ЕСТЬ ОДНА ПРОБЛЕМА... МЫ КАК ПЕРЕКАТИ-ПОЛЕ — СЕГО-ДНЯ ЗДЕСЬ, ЗАВТРА ТАМ...
ЭТОТ ДОКУМЕНТ БУДЕТ НАМ ТОЛЬКО ОБУЗОЙ...

ХОЧЕШЬ ПРОДАТЬ ЕГО НАМ?
СКОЛЬ-КО?
ХМЫК
ДОРО-ГО.

ЧТОБЫ ПОЛУЧИТЬ ЧТО-ТО, НУЖНО ЗА-ПЛАТИТЬ СООТ-ВЕТСТВУЮЩУЮ ЦЕНУ.
ГРР
ЭТО ВЫСОКО-КЛАССНЫЙ ПЕРГАМЕНТ С ЗОЛОТЫМ ТИСНЕ-НИЕМ.
ШУРХ

К ТОМУ ЖЕ ШКАТУЛКА, В КОТО-РОЙ ХРАНИТСЯ ЭТОТ ДОКУМЕНТ, ИНКРУСТИ-РОВАНА ТОНЧАЙШИМИ ПЛАСТИНАМИ НЕФРИ-ТА. КАКОЙ ИЗЫСКАН-НЫЙ ДИЗАЙН!
СРАЗУ ВИДНО — РАБОТА МАС-ТЕРА.
АХ ДА, ЕЩЕ КЛЮЧ ИЗ ЧИСТОГО СЕРЕБРА.
ГУЛ
ГУЛ
ГУЛ
ГУЛ
В ОБЩЕМ, НА МОЙ НЕПРОФЕС-СИОНАЛЬНЫЙ ВЗГЛЯД...

...ЭТО РАВНО СТОИМОСТИ ДВУХ ОБЕДОВ И КОМНАТЫ НА ОДНУ НОЧЬ В ВАШЕЙ ХАР-ЧЕВНЕ.
СОГЛАСНЫ?
А... РАВНО-ЦЕННЫЙ ОБМЕН...
ХА-ХА...
ХА-ХА-ХА! ТЫ ПРАВ, ЭТО ДОРОГО!
ЛАДНО, БЕРУ!
ПРО-ДАНО!
БАМ

БАМ
Господин алхимик, как это понимать?!
А вот и господин лейтенант!
Я как раз продал шахту хозяину этой лавки.
ЧТО?!
А, ладно... важнее то, что все ваши золотые слитки превратились в камни!
Я требую объяснений!

Когда ты успел превратить их обратно?
Прямо перед уходом.
Ничего не знаю ни о каких золотых слитках. ♪
Не притворяйтесь!
Вы обменяли гору золота на шахту! Это мошенничество!

Как? Вы же сами мне ее подарили.
Вот и дарственная есть.
А?!

ГХ... ЭТА СДЕЛКА НЕДЕЙСТВИТЕЛЬНА!
ВЫ ДВОЕ! ВЕРНИТЕ БУМА...
...ГИ!
ぬうっ
ШУХ
НЕХОРОШО ПОСЯГАТЬ НА ЧУЖУЮ СОБСТВЕННОСТЬ.
РАЗВЕ ЭТО НЕ НАРУШЕНИЕ ПРАВ?
З-ЗАТКНИТЕСЬ! ПРОЧЬ С ДОРОГИ!
ЕСЛИ НЕ ХОТИТЕ ПРОБЛЕМ...

НЕ СТОИТ НЕДООЦЕНИВАТЬ СИЛУ ШАХТЕРОВ, ГОСПОДИН ЛЕЙТЕНАНТ.
ХРУСТ

БАЦ
ХРУСТ
ДЗЫНЬ
ШЛЕП
И-И!
БАМ

АХ ДА, ЛЕЙТЕНАНТ...
ДЕРГ

ХМЫК
...Я НЕПРЕМЕННО РАССКАЖУ НАЧАЛЬСТВУ О ВАШЕЙ НЕКОМПЕТЕНТНОСТИ.

СЧАСТЛИВО ОСТАВАТЬСЯ! ♡
ФЬЮ

ЕСТЬ!
ОООООООООООООО!
ТАЩИ ВЫПИВКУ! ВЫПИВКУ!

ПАПА...

ЭД НЕ ПРОДАВАЛ СВОЮ ДУШУ.
Не будешь пить — не вырастешь!
А ну, пей!
Я же несовершеннолетний!
ДА, ТЫ ПРАВ.
Чего?! Я в твои годы уже пил!

ГРР
ОООООООООХ...
Все, больше не влазит...
ХМЫК
ОПЯТЬ ЗАСНУЛ С ГОЛЫМ ПУЗОМ!
СТЫД КАКОЙ!

Глава 4
СХВАТКА
В ПОЕЗДЕ
Хрр

ВУУ
АААА!

ТУДУХ
ПАПОЧКА! УХ, КАК МЫ БЫСТРО ЕДЕМ!
ХА-ХА-ХА! БУДЕШЬ ТАК ПРЫГАТЬ — БЫСТРО УСТАНЕШЬ.
ТУДУМ
ТУДУМ
ТАДАМ
ТЫ ВЕДЬ ЕЩЕ ОБЕЩАЛА ПОИГРАТЬ С ПАПОЧ-КОЙ, КОГДА МЫ ПРИ-ЕДЕМ?
А-а!
С РАБОТОЙ ТОЧНО НЕ БУДЕТ ПРОБЛЕМ?

БАЦ
ТОП
ТОП
А ЧТО? Я НАКОНЕЦ-ТО ВЫРВАЛСЯ В ОТ-ПУСК, РАЗВЕ МНЕ НЕЛЬЗЯ ЗАБЫТЬ О СВОИХ ОБЯЗАН-НОСТЯХ И ПРО-ВЕСТИ ВРЕМЯ С СЕМЬЕЙ?

ГЕНЕРАЛ ХАКУРО?
ЧТО ЗА НАГ-ЛОСТЬ...
!!!

ПРОСТИТЕ, ЧТО НАРУШАЕМ ВАШУ СЕМЕЙ-НУЮ ИДИЛЛИЮ, ГЕНЕРАЛ.

ВЕСЕЛАЯ СЕМЕЙНАЯ ПОЕЗДКА ОКОНЧЕНА.

С ЭТОГО
МОМЕНТА НАЧИ-
НАЕТСЯ КОШМАР-
НАЯ СЕМЕЙНАЯ
ПОЕЗДКА.
ВУУ

ЭКСПРЕСС
04840
ИЗ НЬЮ-
ОПТИНА
ЗАХВАЧЕН...
...СИНИМ
ОТРЯДОМ
ФРОНТА
ОСВОБОЖ-
ДЕНИЯ
ВОСТОЧНЫХ
ТЕРРИТО-
РИЙ.

На странице газеты: «Расписание пригородных поездов» (англ.).

Может, его превосходительство добровольно принесет себя в жертву и мы быстренько с этим покончим?
Хм...
Не говорите глупостей, полковник.
Вот список пассажиров.

Да, старина Хакуро действительно там, вместе со всей семьей.
Ведь знал же, что на востоке неспокойно, и все равно отправился туда в отпуск...
Ого, слушайте все! Сегодня мы разойдемся по домам куда раньше, чем думали.

В том же поезде едет Стальной алхимик.

ХРР

ЭЙ, ПАЦАН, КАК ТЫ МОЖЕШЬ ДРЫХНУТЬ В ТАКОЙ ОБСТАНОВКЕ?
ТАДАМ
ТУДУМ
ТУДУМ

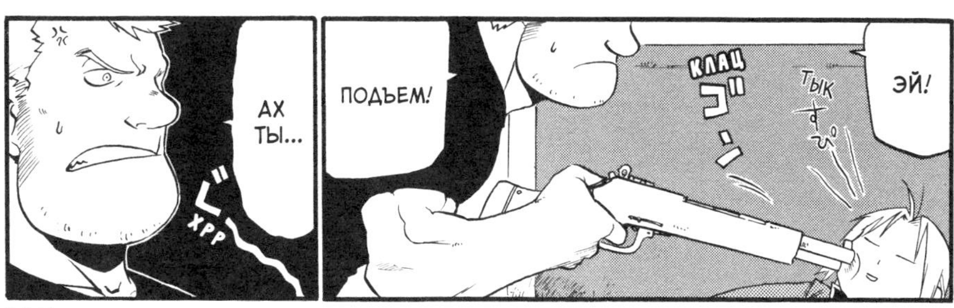
ЭЙ!
ТЫК
КЛАЦ
ПОДЪЕМ!
АХ ТЫ...
ХРР

ВЕДИ СЕБЯ, КАК ПОЛОЖЕНО ЗАЛОЖНИКУ...
...МАЛЯВ-КА!
ЗЫРК
ТОП
А?
ВУУ
ТЫ ЧЕМ-ТО НЕДОВО-ЛЕН?
ШУХ
ВУУ
ХЛОП

ВЖУХ
АА?!
?!
ЧЁ ЗА ФИГНЯ?!

БАЦ
УГХ!
ХРУСТ

どちゃっ
ШЛЕП
ОХ...

КЛАЦ
НУ ВСЕ, СОПЛЯК, ТЕБЕ КРАНТЫ.
НАМ ПРИКАЗАЛИ НЕ ЖАЛЕТЬ НИКОГО, КТО БУДЕТ ОКАЗЫ-ВАТЬ СОПРО-ТИВЛЕНИЕ.
НЕ ХОТЕЛОСЬ БЫ, КОНЕЧНО, СТРЕЛЯТЬ В ТАКОГО МАЛЫША, НО...
ШУРХ
ШЛЕП
НУ-НУ, УСПОКОЙ-ТЕСЬ, ВЫ ОБА.

ЧТО, ТОЖЕ ВЗДУМАЛ СОПРО-ТИВ-ЛЯТЬСЯ?

БАЦ
А...

ЭТО КТО ЗДЕСЬ КОЗЯВКА РАЗМЕРОМ С БЛОХУ?!
ХРУСТ
ТРЕСК
БАЦ
А-А-А! Я ТАКОГО НЕ ГОВОРИЛ!!!
ХРУСТ
БАЦ
БРАТЕЦ... БРАТЕЦ, ТЫ ЖЕ ЕГО ТАК УБЬЕШЬ!
Чудовище...

КСТАТИ, ЭТО КТО ТАКИЕ?
ОХ...
ТАК ЭТО БЫЛА БЕССОЗНАТЕЛЬНАЯ РЕАКЦИЯ НА СЛОВО «МАЛЯВКА»...

КРОМЕ НАС, ЕСТЬ ЕЩЕ ДВОЕ В МАШИННОМ ОТДЕЛЕНИИ, А ЧЕТВЕРО В ВАГОНЕ ПЕРВОГО КЛАССА УДЕРЖИВАЮТ В ЗАЛОЖНИКАХ ГЕНЕРАЛА.
И ЧЕТВЕРО В ОБЩИХ ВАГОНАХ, СЛЕДЯТ ЗА ПАССАЖИРАМИ.

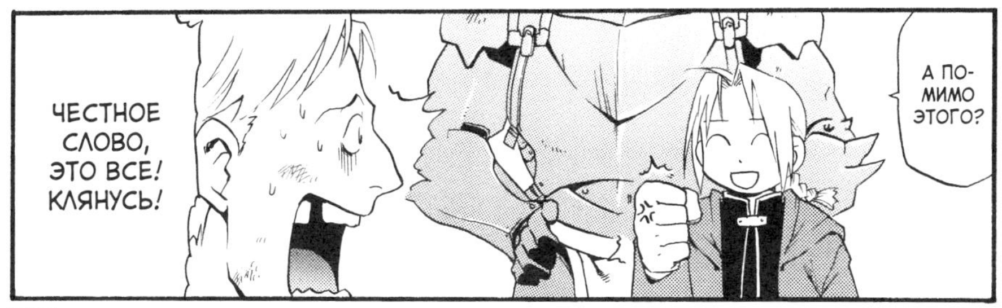
А ПОМИМО ЭТОГО?
ЧЕСТНОЕ СЛОВО, ЭТО ВСЕ! КЛЯНУСЬ!

ЕЩЕ ДЕСЯТЬ ЧЕЛОВЕК?!
ЧТО ЖЕ НАМ ДЕЛАТЬ? ЕСЛИ ОСТАЛЬНЫЕ УЗНАЮТ, ЧТО ИХ ТОВАРИЩЕЙ СХВАТИЛИ, ОНИ ПРИДУТ ОТОМСТИТЬ...
ЕСЛИ БЫ КОЕ-КТО ВЕЛ СЕБЯ СПОКОЙНО, МЫ БЫ РАЗОБРАЛИСЬ С НИМИ БЕЗ ЛИШНЕГО ШУМА.
Уф...
Ну и ну...
БУДЕШЬ СОЖАЛЕТЬ О ПРОШЛОМ — НИКОГДА НЕ СДЕЛАЕШЬ ШАГА В БУДУЩЕЕ, БРАТ!

ТУДУМ
ТУДУМ
ВЫБОРА У НАС ОСОБОГО НЕТ. Я НАПАДУ НА НИХ СВЕРХУ, А ТЫ ИДИ ПО ВАГОНАМ, ДОГОВОРИЛИСЬ?
ЛАДНО-ЛАДНО.
ВУУ
К-КТО ВЫ ТАКИЕ?

АЛХИМИКИ!

А-А-А-А! ВЕТЕР! ВЕТЕР!
Какой позор...
СТРАШНО ЗА НИХ...
ВУУ

ОП...
А ТЕПЕРЬ...
ВУУ

На щитке: «Экстренный» (англ.).

ぬ
УГРОЗА
У...
ААААА!
ラ БАХ ラ ラカ БАХ ド
ПОДО-
ЖДИ...
キン ギン ギン ЗВЯК
キィン ЗВЯК

МОЖЕТ
СРИКО-
ШЕТИТЬ...
НУ ВОТ,
ПОЗДНО.
ドォッ ШЛЕП
АААА!
БРЫЗГ
ЭЙ,
В ЧЕМ...

ОХ...
ШУРХ
ААА!
БАХ
БАХ
ЗВЯК
ЗВЯК
РИКОШЕТ! А-А-АЙ!
Вы идиоты, что ли?

БАРД...

...МЫ ПОТЕРЯЛИ СВЯЗЬ С ПОСЛЕДНИМИ ВАГОНАМИ.
EMERGEN
В ЧЕМ ДЕЛО?
ПОХОЖЕ, В ПОЕЗДЕ НАХОДИТСЯ КТО-ТО ИЗ НАШИХ ВРАГОВ.
НО ЭТО НЕВОЗМОЖНО!

МЫ ПЕРЕБИЛИ ВСЕХ ОХРАННИКОВ, ДА И СВЯЗЬ ПОД НАШИМ КОНТРОЛЕМ.
ПАССАЖИРЫ НЕ МОГЛИ ПОЗВАТЬ НА ПОМОЩЬ...

НАС ПРЕДАЛИ?
БЫТЬ НЕ МОЖЕТ!

ХМ, ДА ВЫ ВСЕГО ЛИШЬ КУЧКА ОТБРОСОВ.
СТОИТ ЧЕМУ-ТО ПОЙТИ НЕ ТАК, И ВСЕ РАЗВАЛИВАЕТСЯ.
ВАМ НЕ УДАСТСЯ ОСУЩЕСТВИТЬ СВОЙ ПЛАН.
ПОДУМАЙТЕ, МОЖЕТ, ЛУЧШЕ СДАТЬСЯ?
ЧЕРТОВО ОТРОДЬЕ!

БАМ
ЧИК
...
КАП

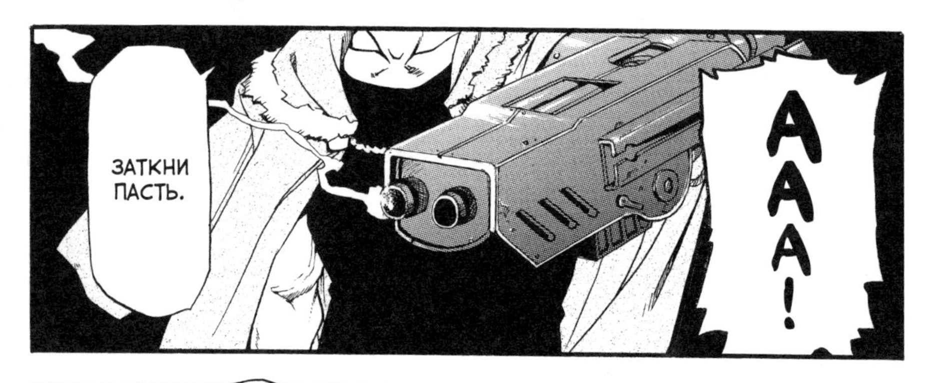
ААА!
ЗАТКНИ ПАСТЬ.

ЕЩЕ СЛОВО — И В ТВОЕЙ ЗАДНИЦЕ ПОЯВИТСЯ ВТОРАЯ ДЫРКА.
ЛЯЗГ

БАМ

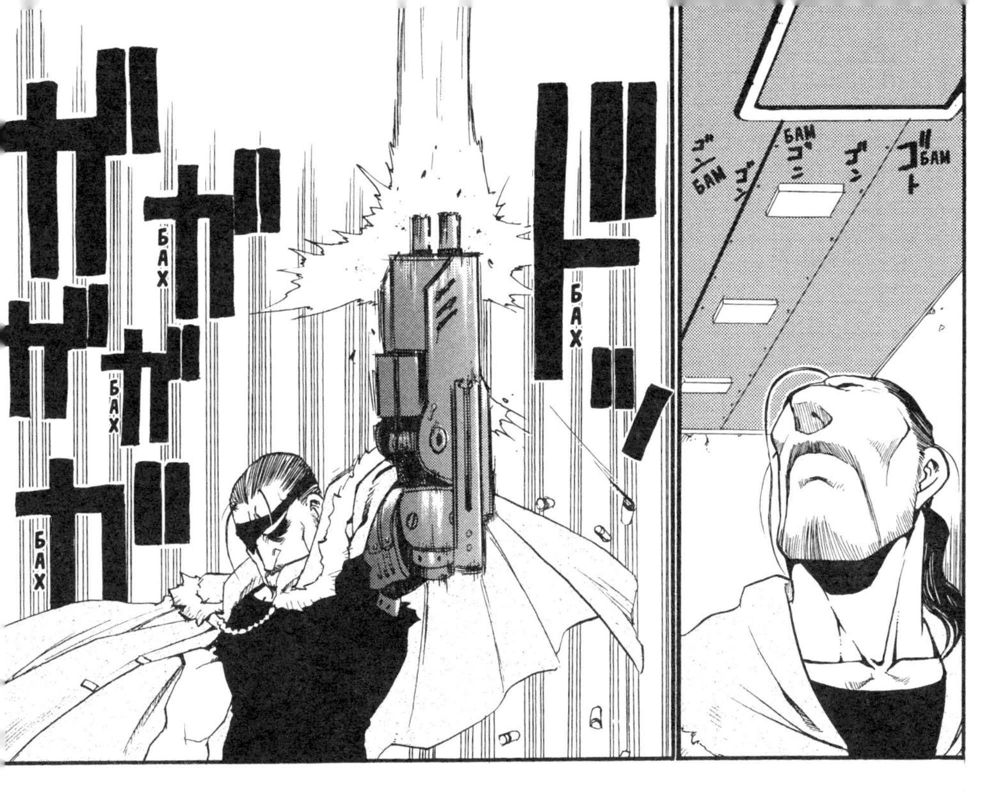
БАМ
БАМ
БАМ
БАМ
БАХ
БАХ
БАХ
БАХ

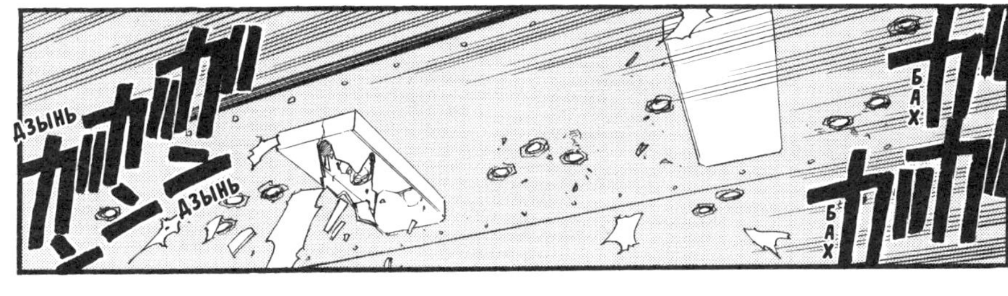
БАХ
БАХ
ДЗЫНЬ
ДЗЫНЬ

АЙ!
ТОП
ТОП
ТОП
ТОП
А
А
А
А
Я
А
Я
БАЦ
У НАС КРЫСА.
ПРОВЕРЬ НАВЕРХУ.

А-А! ЕЩЕ БЫ ЧУТЬ-ЧУТЬ, И...
ТУТУМ
ТУТУМ

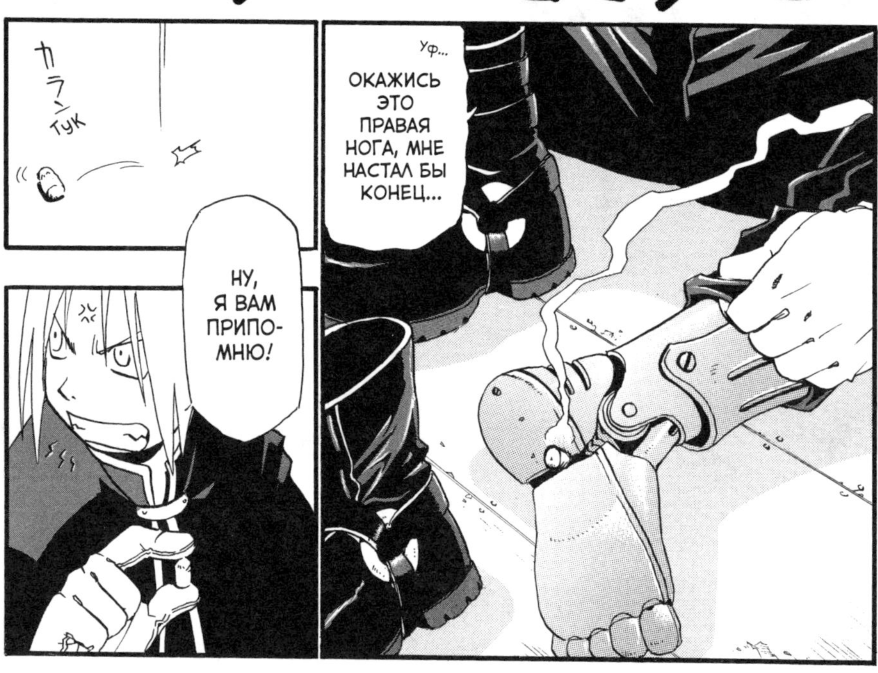
Уф...
ОКАЖИСЬ ЭТО ПРАВАЯ НОГА, МНЕ НАСТАЛ БЫ КОНЕЦ...
ТУК
НУ, Я ВАМ ПРИПОМНЮ!

НО СНАЧАЛА ОСВОБОЖУ МАШИННОЕ ОТДЕЛЕНИЕ!
ВУУ
ВУУ

А БЫВАЮТ ТАКИЕ ПРОСТОРНЫЕ КАБИНЫ?
БАМ
ゴウン
ゴウン
БАМ
ゴウン
ゴウン
БАМ
ゴウン

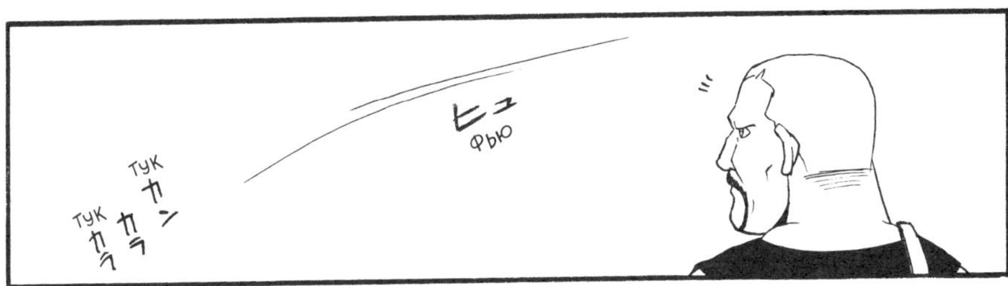
ヒュ
ФЬЮ
ТУК
カン
ТУК
カラ
カラ

?
СТУК
СТУК
カラ
コロ
ОТКУДА ОНА ВЗЯЛАСЬ?
ВУУ
ゴオオオオオオ
ПУЛЯ?

ばかん
БАЦ
УГХ!
!!!
АХ ТЫ...
ТОП
ШАРАХ
Г-Х!

БАЦ
БАМ
БАЦ
ВОТ ТЕБЕ!
ВОТ ТЕБЕ!
А-А-А-А!
А-А-А!
ТЫК

МЫ МОЖЕМ ЧЕМ-ТО ПОМОЧЬ?
ТУДУХ
ПРОСТО НЕ НАРУШАЙТЕ ПРАВИЛ ДОРОЖНОГО ДВИЖЕНИЯ!
ТУДУХ

ОП-ЛЯ...
ТУДУХ
ТУДУХ
АГА, ПОПАЛСЯ, КРЫСЕНЫШ!
ВУУ
ВУУ

БАХ
БАХ
АААА!

ВОТ...
ВОТ ВЕДЬ ГАД! ЭТО БЫЛО ОПАСНО!
ХЛОП
ВЖУХ

БАБАХ
АААА!

ЭЙ, ЧТО ТЫ ТАМ ТВОРИШЬ С ТЕНДЕРОМ?! БЕЗ НЕГО ЖЕ ПОЕЗД ЕХАТЬ НЕ СМОЖЕТ!
ОЙ! ПРО-СТИТЕ!

Coal – уголь, water – вода (англ.).

Ку-ку!
Ку-ку?
ВЖУХ
ДЕРГ
РАЗ, РАЗ... ГОСПОДА ТЕРРОРИСТЫ!
ЭТО ЕЩЕ Ч...
МАШИННОЕ ОТДЕЛЕНИЕ И ПОСЛЕДНИЕ ВАГОНЫ В НАШИХ РУКАХ.
ОСТАЛСЯ ТОЛЬКО ВАШ ВАГОН.
ПРЕДЛАГАЕМ ВАМ ОТПУСТИТЬ ЗАЛОЖНИКОВ И СДАТЬСЯ.
В ПРОТИВНОМ СЛУЧАЕ МЫ БУДЕМ ВЫНУЖДЕНЫ ПРИМЕНИТЬ СИЛУ...

Надпись на кране: «Открыть» (англ.).

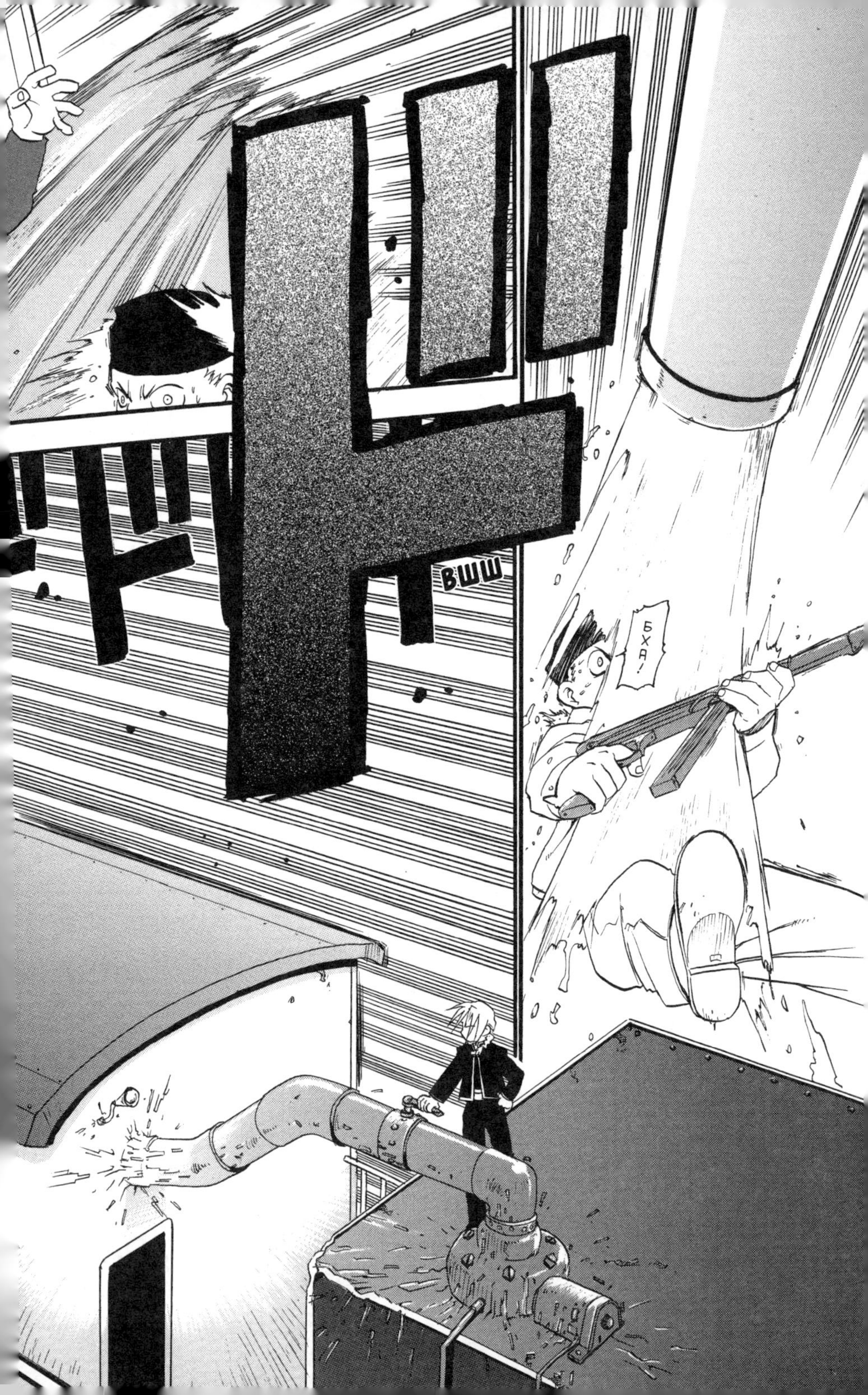
ВШШ
БХА!

ПЛЕСК

ВШШ

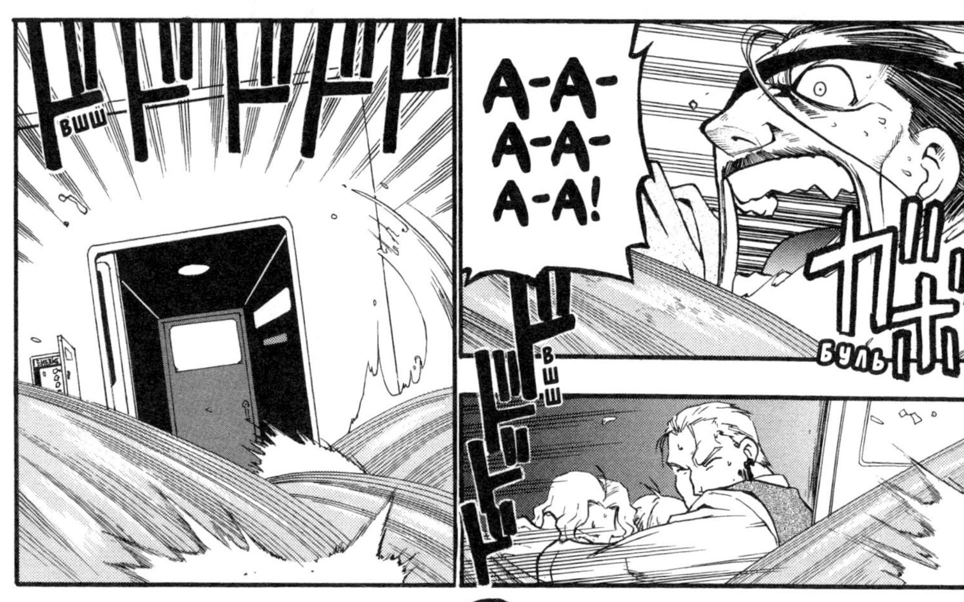
ВШШ
А-А-А-А-А-А!
БУЛЬ
ВШШ

СТУК
ПЛЕСК

ДОБРО ПОЖАЛО-ВАТЬ.
БАМ
ГХ...
ОГРОМНЫЕ... ДОСПЕХИ...

ММ!
ДУМА-ЕТЕ, ВАША ВЗЯЛА?
НУ УЖ НЕТ! ЗАЛОЖ-НИКИ ВСЕ ЕЩЕ...
ХВАТЬ
ШЛЕП

О!
СОБРАТ ПО АВТО-БРОНЕ?

А...
АХ ТЫ, КОЗЯВКА!
ВЖИХ

ЛЯЗГ
БАХ

ЧТО ЭТО?
КАКАЯ ДЕШЕВКА!

Надпись на плакате: «Новый» (англ.).

ПРИВЕТ... ...СТАЛЬНОЙ.

О, ПОЛКОВНИК! ЗДРАВСТВУЙТЕ!

ПОЧЕМУ ТАКОЙ НЕДОВОЛЬНЫЙ ВИД?
УГХ... ЕСЛИ БЫ Я ЗНАЛ, ЧТО ЭТО В ВАШЕЙ ЮРИСДИКЦИИ, Я БЫ НЕ ВМЕШИВАЛСЯ!

ПО-ПРЕЖНЕМУ МЕНЯ НЕДОЛЮБЛИВАЕШЬ?
И...
Лейтенант Хоукай, добрый день!
Добрый, Альфонс!

ТЫ ВСЕ ЕЩЕ НЕ ВЕРНУЛ СЕБЕ ПРЕЖНИЙ ВИД?

МЫ КУЧУ КНИГ ПЕРЕЛОПАТИЛИ — И ВСЕ БЕЗ ТОЛКУ...
Вчера опять всю ночь просидели.
ШУРХ
СЕЙЧАС ПРОЧЕСЫВАЕМ ВОСТОЧНЫЕ ГОРОДА, НО НИЧЕГО ПОДХОДЯЩЕГО ПОКА ТАК И НЕ НАШЛИ.

ДА, ДО МЕНЯ ДОЛЕТАЮТ СЛУХИ...
...О ВАШИХ ПОХОЖДЕНИЯХ.
Шевелитесь!
ГХ...
КАК ВСЕГДА, ДЕРЖИТЕ УШКИ НА МАКУШКЕ?
ВЫ ОЧЕНЬ ЗАМЕТНАЯ ПАРОЧКА.
Да, да.

ААА!
АХ ТЫ...
ААА!

уф

ОХ...
Потайной нож!
ПОЛКОВНИК...
...ОТОЙДИТЕ...
НЕ НАДО, Я САМ.

ООО!
ВЖУХ
ШУРХ

ЩЕЛК
ТРЕСК
ЩЕЛК
!!!!
ВСПЫШКА
ТРЕСК
БАБАХ
ГХ?!

АААА!

НА ЭТОТ РАЗ Я ТЕБЯ ПО-ЖАЛЕЛ.
НО ЕЩЕ РАЗ ДЕРНЕШЬСЯ, ПРЕВРА-ТИШЬСЯ В УГЛИ.
ТОП

КТО ТЫ ТАКОЙ?!
ВОТ ГАД...
РОЙ МУСТАНГ, ЗВАНИЕ — ПОЛКОВНИК.
А ЕЩЕ...
...Я — ОГНЕННЫЙ АЛХИМИК.
ЗАПОМНИ МЕНЯ ХОРОШЕНЬКО.

FULLMETAL ALCHEMIST

Зажги
огонь
в своем
сердце!
Тык
Что за чушь
вы несете?
В ваши-то
годы...

ОГО... ЗДОРОВО...
ЧТО, ВПЕРВЫЕ ВИДИТЕ ЭТОТ ПРИЕМ ПОЛКОВНИКА?
ТАК ТОЧНО, МЛАДШИЙ ЛЕЙТЕНАНТ ХАВОК.
ДА КАК ТАКОЕ ВООБЩЕ ВОЗМОЖНО?!
ПЕРЧАТКИ ПОЛКОВНИКА СДЕЛАНЫ ИЗ ОСОБОГО ЛЕГКОВОСПЛАМЕНЯЮЩЕГОСЯ МАТЕРИАЛА.
ОТ СИЛЬНОГО ТРЕНИЯ ОН ДАЕТ ИСКРУ.

ДОСТАТОЧНО ПОВЫСИТЬ КОНЦЕНТРАЦИЮ КИСЛОРОДА В ВОЗДУХЕ ОКОЛО ГОРЮЧЕГО ПРЕДМЕТА, И...
...БАБАХ!
ШИХ

В ТЕОРИИ-ТО ВСЕ ПРОСТО, НО...
...НАДО БЫТЬ АЛХИМИКОМ, ЧТОБЫ ПРОДЕЛАТЬ ТАКОЕ.
КСТАТИ, ТОТ КОРОТЫШКА РЯДОМ С ПОЛКОВНИКОМ — ТОЖЕ ГОСУДАРСТВЕННЫЙ АЛХИМИК.
ЧТО?!
И ОН В ОДИНОЧКУ ПОВЯЗАЛ ВСЕХ ПРЕСТУПНИКОВ?!

НЕВЕРО-
ЯТНО...
ДА...
ЧЕЛОВЕКУ ТАКОЕ НЕ ПОД СИЛУ...
Глава 5
СТРАДАНИЯ АЛХИМИКА

ТЕПЕРЬ ВЫ МОЙ ДОЛЖНИК, ПОЛКОВНИК.
ХМЫК
ДА, КАК НИ ЖАЛЬ ЭТО ПРИЗНАВАТЬ, Я ТЕБЕ ОБЯЗАН.

ЛАДНО УЖ... ЧЕГО ТЫ ХОЧЕШЬ?
ОТЛИЧНО! ♪ ВЫ БЫСТРО УЛОВИЛИ СУТЬ.
НЕ ПОДСКАЖЕТЕ, НЕТ ЛИ В ЗДЕШНИХ МЕСТАХ БИБЛИОТЕКИ, ГДЕ ИМЕЕТ СМЫСЛ ПОИСКАТЬ ЛИТЕРАТУРУ О БИОЛОГИЧЕСКОЙ ТРАНСМУТАЦИИ? ИЛИ, МОЖЕТ, ПОЗНАКОМИТЕ НАС С КАКИМ-НИБУДЬ СВЕДУЩИМ АЛХИМИКОМ?
ЧТО, ПРЯМО СЕЙЧАС? КАКОЙ ТЫ НЕТЕРПЕЛИВЫЙ.

Мы просто хотим как можно скорее вернуть себе прежний вид!
Но мы же так давно не виделись... Хоть на чашку чая задержитесь.

Что мне за радость с вами чай пить?
Так, где-то здесь...
А, вот оно.
«Создание искусственного существа на основе двух и более генетически различных организмов»...
Я хочу сказать, в этом городе есть специалист по трансмутации химер.

Шо Таккер, известный как алхимик, связующий жизни.

Два года назад он успешно создал говорящую химеру и получил статус государственного алхимика.

Говорящую...
То есть она говорила по-человечески? Химера?!
Похоже на то. Я тогда еще не принял тут дела, поэтому сам химеру не видел, но...
...но, как мне рассказывали, она понимала человеческую речь и сама могла говорить.

Правда, химера произнесла лишь...
...«Я хочу умереть».

А после отказалась от еды и умерла.

ЧТО Ж, ПОЖАЛУЙ, СТОИТ ВСТРЕТИТЬСЯ С ЭТИМ АЛХИМИКОМ. ПОСМОТРИМ, ЧТО ОН ЗА ЧЕЛОВЕК.

Какой огромный дом!
ДИНЬ-ДОН
ШУРХ

А-А-А-А-А-А-А-А-А!!!

Xxe!
Xxe!
Xxe!
Xxe!
АЛЕКСАНДР, ФУ!
А-у-у-у...

УХ ТЫ! КАК МНОГО ГОСТЕЙ, ПАПОЧКА!
АЙ-АЙ-АЙ, НИНА. Я ЖЕ ГОВОРИЛ, ПРИВЯЗЫВАЙ СОБАКУ.
ПРОСТИТЕ, МОЯ ЖЕНА УШЛА ОТ НАС, В ДОМЕ ТАКОЙ БЕС-ПОРЯДОК...

ПОЗВОЛЬТЕ ПРЕДСТА-ВИТЬСЯ, ЭДВАРД.
Я ШО ТАККЕР — АЛХИМИК, СВЯЗУЮ-ЩИЙ ЖИЗНИ.
ЭДВАРД ИНТЕРЕСУ-ЕТСЯ ТРАНС-МУТАЦИЕЙ ЖИВЫХ ОРГАНИЗМОВ И ХОТЕЛ БЫ ОЗНАКОМИТЬ-СЯ С ВАШИМИ ИССЛЕДОВА-НИЯМИ.
БУДУ РАД ПОМОЧЬ.

Но, как говорится, откровенность за откровенность.
Ведь так уж заведено среди алхимиков...

Почему вы интересуетесь биологической трансмутацией?
Э... дело в том...
Полковник...

Господин Таккер совершенно прав, задавая этот вопрос.
...
Что за...
Так вот почему тебя называют «Стальной алхимик»...

ПОНЯТНО... ВАША МАМА...

ПРЕД-СТАВЛЯЮ, КАКОВО ВАМ ПРИ-ШЛОСЬ...

НАЧАЛЬСТВУ МЫ СКАЗАЛИ, ЧТО ОН ПО-СТРАДАЛ ВО ВРЕМЯ ГРАЖДАНСКОЙ ВОЙНЫ НА ВОСТОКЕ. БОЛЬШАЯ ПРОСЬБА: НЕ ГОВО-РИТЕ НИКОМУ, ЧТО ОНИ СОВЕРШИЛИ ТРАНСМУТАЦИЮ ЧЕЛОВЕКА.
ДА, КОНЕЧ-НО.
ДУМАЮ, ЛИШИВШИСЬ ТАКОГО ТАЛАНТЛИВО-ГО АЛХИМИКА, АРМИЯ МНОГО ПОТЕРЯЕТ.
ЧТО Ж...

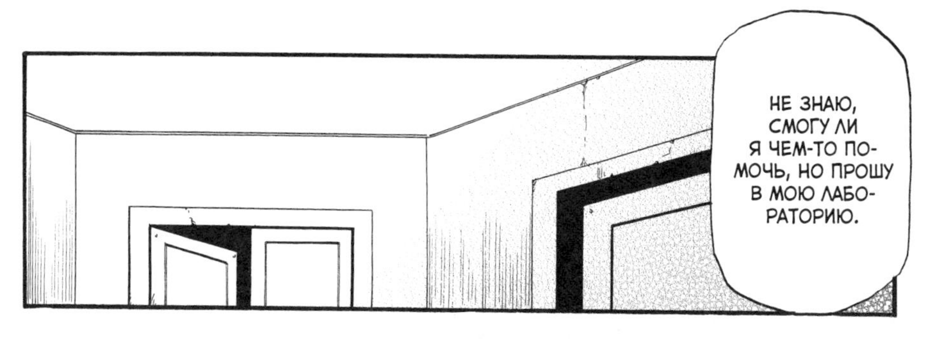
НЕ ЗНАЮ, СМОГУ ЛИ Я ЧЕМ-ТО ПОМОЧЬ, НО ПРОШУ В МОЮ ЛАБОРАТОРИЮ.

ОГО...
МНЕ ТАК СТЫДНО...
МЕНЯ СЧИТАЮТ СПЕЦИАЛИСТОМ В ОБЛАСТИ СОЗДАНИЯ ХИМЕР, А НА САМОМ ДЕЛЕ Я НЕ ТАК УЖ ДАЛЕКО ПРОДВИНУЛСЯ.

ЗДЕСЬ У МЕНЯ БИБЛИОТЕКА.
СКРИП
О-О!

КРУТО!
КНИГИ В ВАШЕМ РАСПОРЯЖЕНИИ. Я БУДУ В ЛАБОРАТОРИИ.
ОТЛИЧНО, НАЧНУ С ЭТИХ ПОЛОК.
ТОГДА Я ПОСМОТРЮ ТАМ.

Я ВОЗВРАЩАЮСЬ НА РАБОТУ.
ПРИШЛЮ КОГО-НИБУДЬ ЗА ВАМИ ВЕЧЕРОМ.
Хорошо.

МАЛЬЧИК ТАК СОСРЕДОТОЧЕН! НЕ ЗАМЕЧАЕТ НИЧЕГО ВОКРУГ.
ДА... ЭДВАРД СУМЕЛ В СТОЛЬ ЮНОМ ВОЗРАСТЕ СТАТЬ ГОСУДАРСТВЕННЫМ АЛХИМИКОМ. ОН ОЧЕНЬ СПОСОБНЫЙ.

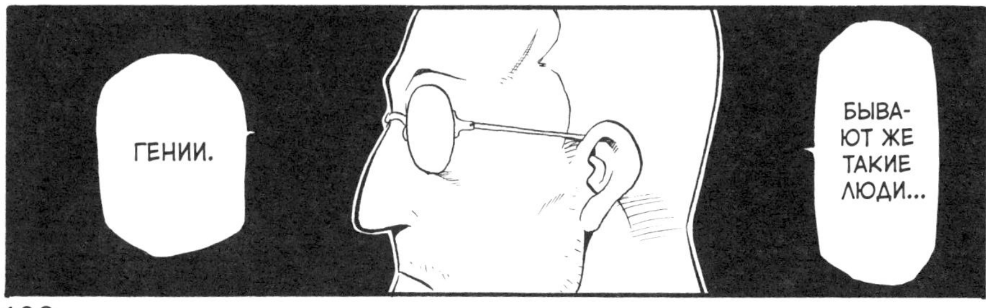
БЫВАЮТ ЖЕ ТАКИЕ ЛЮДИ...
ГЕНИИ.

ゴーン БОММ
ОЙ... ВОТ ЧЕРТ!
ゴーン БОММ
ЗАЧИТАЛСЯ...
ゴーン БОММ
АЛ!
ゴーン БОММ
АЛЬФОНС!
КУДА ОН ПОДЕВАЛСЯ?..

А-А-А-А-А!!!
А, БРАТЕЦ!

Я ТЕБЕ ДАМ «А, БРАТЕЦ»!!!
Ххе! Ххе! Ххе! Ххе!
ТЫ ЖЕ ДОЛЖЕН БЫЛ ИСКАТЬ МАТЕРИАЛЫ! А ТЫ ЧТО ДЕЛАЕШЬ?!

НО НИНА ХОТЕЛА ПОИГРАТЬ...
А ТЫ И СОГЛАСИЛСЯ!
АЛЕКСАНДР ГОВОРИТ, ЧТО ТОЖЕ ХОЧЕТ С ВАМИ ПОИГРАТЬ.
ЛИЗЬ

УФФ... ПОИГРАТЬ, ЗНАЧИТ, ХОЧЕШЬ? НУ ДЕРЖИСЬ!
КАК ГОВОРИТСЯ, КРОЛИК И ЛЬВА ЗАСТАВИТ ПОБЕГАТЬ...
Ххе! Ххе! Ххе! Ххе!
Я ТЕБЕ ПОКАЖУ, КАК СТРАШЕН ЭДВАРД ЭЛРИК, ГЛУПАЯ ПСИНА!
ААААААА!
ГАВ! ГАВ!
Ну как маленький...
ХА-ХА-ХА-ХА-ХА-ХА-ХА-ХА!

Кар!
Кар!

ЭЙ, НАЧАЛЬНИК! Я ЗА ТОБОЙ.

ЧЕМ ЭТО ВЫ ТУТ ЗАНИМАЕТЕСЬ?
Ххе! Ххе! Ххе! Ххе!
ААААА...

НИЧЕМ, ПРОСТО ЗАХОТЕЛОСЬ НЕМНОГО РАЗМЯТЬСЯ.
ШУХ
НУ КАК, НАШЛИ ЧТО-НИБУДЬ?
...
МОЖЕТЕ ПРОДОЛЖИТЬ ЗАВТРА.

ВЫ ВЕДЬ ПРИДЕТЕ К НАМ СНОВА?
ДА, ЗАВТРА ЕЩЕ ПОИГРАЕМ.
ШУРХ

АХ ДА, ГОСПОДИН ТАККЕР...
ПОЛКОВНИК ПРОСИЛ НАПОМНИТЬ...
...ЧТО ДО АТТЕСТАЦИИ ОСТАЛОСЬ СОВСЕМ НЕМНОГО ВРЕМЕНИ.

ДА, Я ПОНЯЛ.

ПАПА, А ЧТО ТАКОЕ «АТТЕСТАЦИЯ»?

ПОНИМАЕШЬ, ГОСУДАРСТВЕННЫЕ АЛХИМИКИ ДОЛЖНЫ РАЗ В ГОД ПРЕДСТАВЛЯТЬ РЕЗУЛЬТАТЫ СВОИХ ИССЛЕДОВАНИЙ.
ЕСЛИ ЭТИ РЕЗУЛЬТАТЫ НЕ ПОНРАВЯТСЯ ПРОВЕРЯЮЩИМ, МОЖНО ПОТЕРЯТЬ СВОЙ СТАТУС.

В ПРОШЛОМ ГОДУ ПАПОЧКУ ОЦЕНИЛИ НЕ ОЧЕНЬ ВЫСОКО.
ЕСЛИ Я ПОТЕРПЛЮ НЕУДАЧУ И В ЭТОМ ГОДУ, ТО БОЛЬШЕ НЕ БУДУ ГОСУДАРСТВЕННЫМ АЛХИМИКОМ.
ЧТО? ПАПОЧКА, ВСЕ БУДЕТ ХОРОШО! ТЫ ЖЕ ТАК МНОГО РАБОТАЕШЬ!
ДА, ЕСЛИ СЕЙЧАС НЕ ПОСТАРАТЬСЯ, ДРУГОГО ШАНСА У МЕНЯ НЕ БУДЕТ...
УФ!

ДА...
ДРУГОГО ШАНСА НЕ БУДЕТ...

ЗНАЧИТ, ТВОЯ МАМА ДВА ГОДА НАЗАД...

ДА. ПАПА ГОВОРИТ, ОНА ВЕРНУЛАСЬ К РОДИТЕЛЯМ.
ПОНЯТНО. ГРУСТНО, НАВЕРНОЕ, ЖИТЬ В ТАКОМ БОЛЬШОМ ДОМЕ ВДВОЕМ С ПАПОЙ.

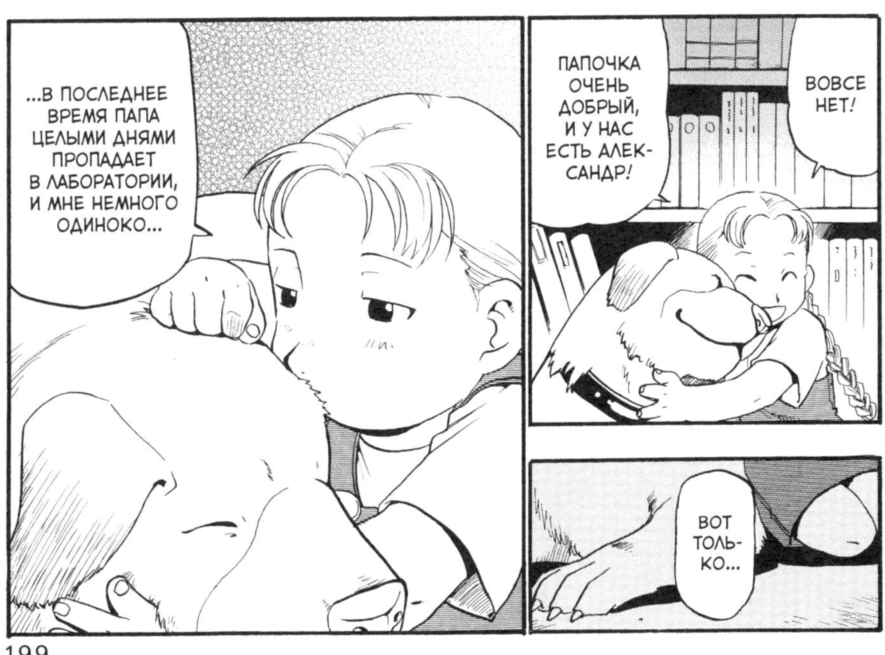
ВОВСЕ НЕТ!
ПАПОЧКА ОЧЕНЬ ДОБРЫЙ, И У НАС ЕСТЬ АЛЕКСАНДР!
ВОТ ТОЛЬКО...
...В ПОСЛЕДНЕЕ ВРЕМЯ ПАПА ЦЕЛЫМИ ДНЯМИ ПРОПАДАЕТ В ЛАБОРАТОРИИ, И МНЕ НЕМНОГО ОДИНОКО...

ОХ...
ХРУСТ ゴキ
КАК ЖЕ ПЛЕЧИ ЗАТЕКЛИ ОТ ЭТОГО БЕСКОНЕЧНОГО ЧТЕНИЯ...
ХРУСТ ゴキ
ЗНАЕШЬ, ЗАРЯДКА В ТАКИХ СЛУЧАЯХ ОЧЕНЬ ПОМОГАЕТ.
ДА... ПОЙДУ, ЧТО ЛИ, ВО ДВОРЕ РАЗОМНУСЬ.

ЭЙ, ПСИНА! ПОШЛИ, ЗАОДНО С ТОБОЙ ПОИГРАЮ!
びし! ТЫК

НИНА, ИДЕМ.

ХМЫК

ААА!
ГАВ!

Ха-ха-ха!

ЖМЯК

БАБАХ

ПОХОЖЕ, ДОЖДЬ БУДЕТ...
БАБАХ
ДИНЬ ДОН
СКРИП
ЗДРАВСТВУЙТЕ!
ГОСПОДИН ТАККЕР, МОЖНО НАМ И СЕГОДНЯ ПОРЫТЬСЯ В ВАШЕЙ БИБЛИОТЕКЕ?

ТИШИНА
ЧТО?

НЕУЖЕЛИ ИХ НЕТ ДОМА?
ГОСПОДИН ТАККЕР?

ГОСПОДИН ТАККЕР!
НИНА?

А!

А, БРАТЬЯ ЭЛРИК!
ВОТ ВЫ ГДЕ!

СМОТРИТЕ. Я СОЗДАЛ ЕЕ.

ПЕРЕД ВАМИ ГОВОРЯЩАЯ ХИМЕРА!

ВЗГЛЯНИТЕ.
ПОСЛУШАЙ. ЕГО ЗОВУТ ЭДВАРД.
ЭД...
...ВАРД?..

НЕВЕРОЯТНО... ОНА И ПРАВДА ГОВОРИТ...
ДА... Я ВСЕ-ТАКИ УСПЕЛ К АТТЕСТАЦИИ.
УМ...
...НИ...
...ЦА?..
ПРАВИЛЬНО! ВОТ УМНИЦА.

ЗНАЧИТ, МЕНЯ НЕ УВОЛЯТ.
И О ФИНАНСИРОВАНИИ ИССЛЕДОВАНИЙ МОЖНО БУДЕТ КАКОЕ-ТО ВРЕМЯ НЕ ВОЛНОВАТЬСЯ.
ЭД... ВАРД...
ЭД... ВАРД...

ЭД...
ВАРД...
ЭД... ВАРД...

Б...
БРА...
...ТЕЦ...

ГОС-
ПОДИН
ТАК-
КЕР...
КАК ДАВНО ВАШИ
ИССЛЕДОВАНИЯ
ГОВОРЯЩИХ ХИМЕР
БЫЛИ ОДОБРЕНЫ
И ВЫ ПОЛУЧИЛИ
СВОЙ СТАТУС?

НУ...
ДВА ГОДА
НАЗАД.

А КОГДА
УШЛА ВАША
ЖЕНА?

ДА УЖ
ГОДА ДВА
КАК...

У МЕНЯ
ЕЩЕ ОДИН
ВОПРОС.

КУДА ДЕЛИСЬ... ...НИНА И АЛЕКСАНДР?
ТЕРПЕТЬ НЕ МОГУ ТАКИХ ДОГАДЛИВЫХ, КАК ТЫ.

ХВАТЬ
ГХА!
БАЦ

БРАТЕЦ!
ВОТ, ЗНАЧИТ, КАК!

ДЕРГ
ДЕРГ
МЕРЗАВЕЦ...
КАК ТЫ ПОСМЕЛ?!
ДВА ГОДА НАЗАД ДЛЯ СОЗДАНИЯ ХИМЕРЫ ТЫ ИСПОЛЬЗОВАЛ ЖЕНУ...
А ТЕПЕРЬ — СОБАКУ И РОДНУЮ ДОЧЬ!!!

!!!

НУ ДА, С ЖИВОТНЫМИ ТРУДНО ДОБИТЬСЯ ЧЕГО-ТО СУЩЕСТВЕННОГО...
А С ЛЮДЬМИ ВСЕ ПРОЩЕ, ДА?!
ХМ...
ЧЕГО ТЫ ТАК ЗАВЕЛСЯ?
ЗНАЕШЬ, СКОЛЬКО ЛЮДЕЙ БЫЛО ПОДОПЫТНЫМИ В МЕДИЦИНСКИХ ЭКСПЕРИМЕНТАХ, ОСУЩЕСТВЛЕННЫХ ВО БЛАГО ПРОГРЕССА?
ТЫ ВЕДЬ ТОЖЕ УЧЕНЫЙ...
ЗАТКНИСЬ!
ДУМАЕШЬ, ИГРЫ С ЧЕЛОВЕЧЕСКОЙ ЖИЗНЬЮ СОЙДУТ ТЕБЕ С РУК?!

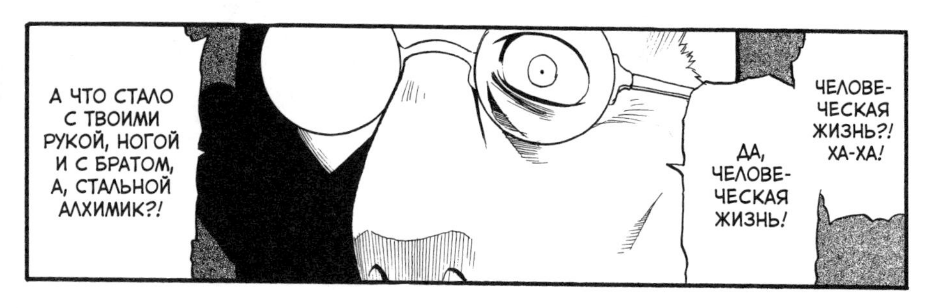
ЧЕЛОВЕЧЕСКАЯ ЖИЗНЬ?! ХА-ХА!
ДА, ЧЕЛОВЕЧЕСКАЯ ЖИЗНЬ!
А ЧТО СТАЛО С ТВОИМИ РУКОЙ, НОГОЙ И С БРАТОМ, А, СТАЛЬНОЙ АЛХИМИК?!

РАЗВЕ ЭТО НЕ РЕЗУЛЬТАТ «ИГР С ЧЕЛОВЕЧЕСКОЙ ЖИЗНЬЮ»?!
ЗЫРК

БАЦ
ГХА…
ХА-ХА-ХА!
ВЫ ТАКИЕ ЖЕ, КАК Я!

НЕ-
ПРАВ-
ДА!
САМАЯ ЧТО НИ НА ЕСТЬ ПРАВДА! ВЫ ВЦЕПИЛИСЬ В СВОЙ ШАНС!
НЕ-
ПРАВ-
ДА!

ВЫ ЗНАЛИ, ЧТО НАРУШАЕТЕ ЗАКОН, НО НЕ СМОГЛИ УСТОЯТЬ ПЕРЕД ИСКУШЕНИЕМ!
ГХА!
БАЦ
НЕ-
ПРАВ-
ДА!
БАХ
МЫ — АЛХИМИКИ...
БАЦ

И СОТВОРИТЬ ТАКОЕ...
БАЦ
БАЦ
БАЦ
Я...
Я...

ХВАТЬ
БРАТЕЦ, ОСТАНОВИСЬ...
ТЫ ВЕДЬ ТАК УБЬЕШЬ ЕГО.

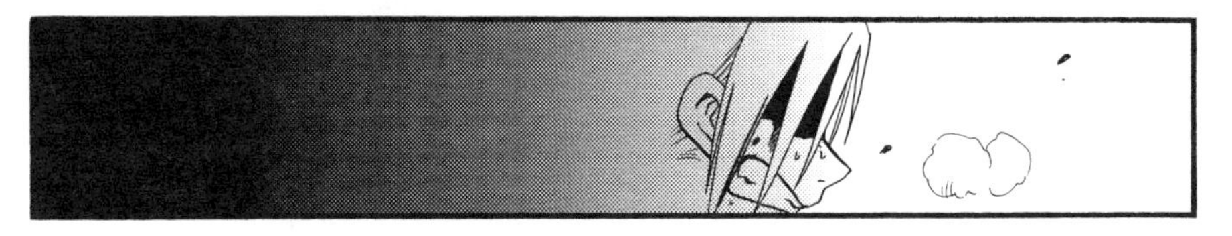

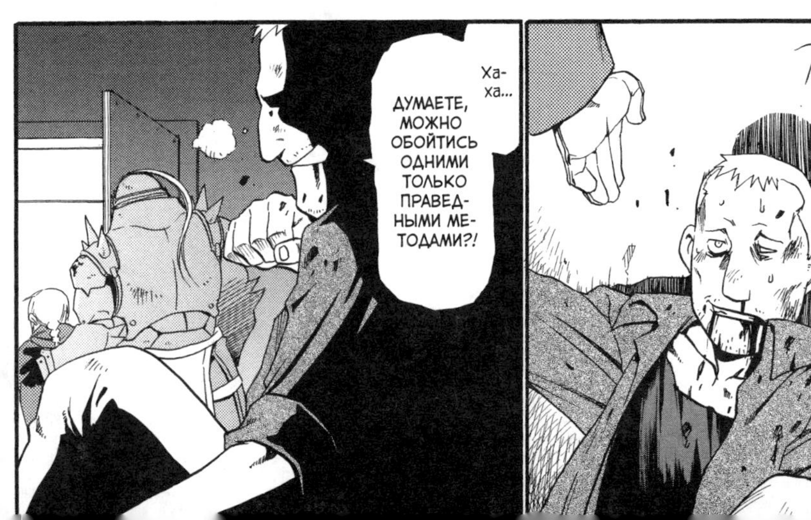
ШУХ
Ха-ха...
ДУМАЕТЕ, МОЖНО ОБОЙТИСЬ ОДНИМИ ТОЛЬКО ПРАВЕДНЫМИ МЕТОДАМИ?!

ЕЩЕ
ОДНО СЛО-
ВО, И МОЕ
ТЕРПЕНИЕ
ЛОПНЕТ.
ГОСПО-
ДИН
ТАККЕР...

ГХ...

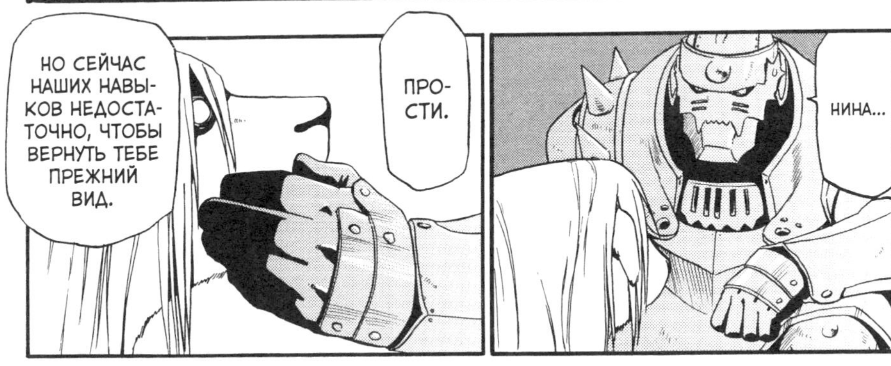
НИНА...
ПРО-
СТИ.
НО СЕЙЧАС
НАШИХ НАВЫ-
КОВ НЕДОСТА-
ТОЧНО, ЧТОБЫ
ВЕРНУТЬ ТЕБЕ
ПРЕЖНИЙ
ВИД.

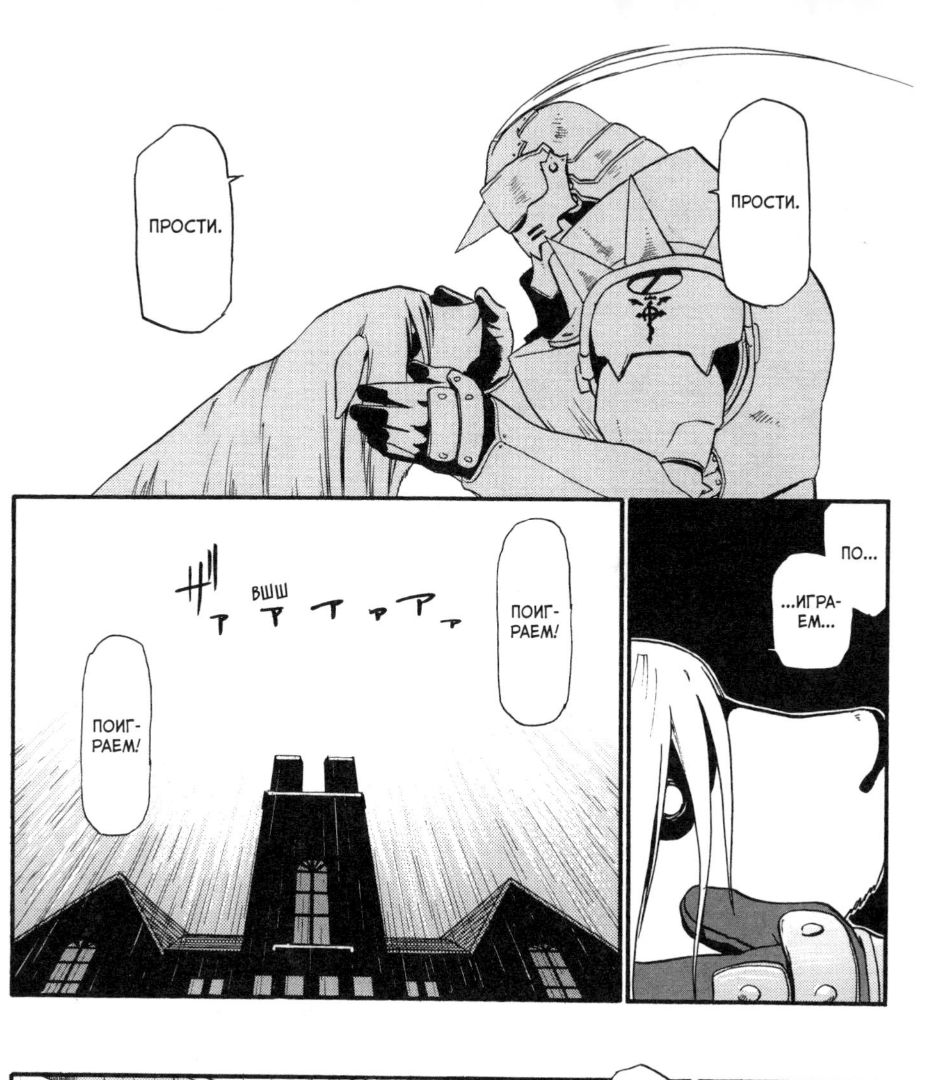
ПРОСТИ.
ПРОСТИ.
ПО... ...ИГРА-ЕМ...
ПОИГ-РАЕМ!
ВШШ
ПОИГ-РАЕМ!

ЕСЛИ ЧТО-ТО В ЭТОМ МИРЕ И ДЕЛАЕТСЯ ПО НАУЩЕНИЮ ДЬЯВОЛА, ЭТО КАК РАЗ ТОТ СЛУЧАЙ.
ДЬЯ-ВОЛ...
ЧТО СКРЫВАТЬ, МЫ, ГОСУДАР-СТВЕННЫЕ АЛХИМИКИ, — ЖИВОЕ ОРУ-ЖИЕ АРМИИ.
ЕСЛИ ЗАПАХНЕТ ВОЙНОЙ И НАС МОБИЛИЗУЮТ, ТО ХОЧЕШЬ НЕ ХОЧЕШЬ ПРИ-ДЕТСЯ ПОДЧИ-НЯТЬСЯ ПРИКА-ЗАМ И МАРАТЬ РУКИ...

ТО, КАК МЫ ОБХОДИМСЯ С ЧЕЛОВЕЧЕСКИМИ ЖИЗНЯМИ... В ЭТОМ МЫ НЕ БОЛЬНО-ТО ОТЛИЧАЕМСЯ ОТ ТАККЕРА.
ЭТО ЛОГИКА ВЗРОС-ЛОГО...
А ОН-ТО ЕЩЕ РЕБЕ-НОК, ХОТЬ И СТАРАЕТ-СЯ ВЕСТИ СЕБЯ ПО-ВЗРОС-ЛОМУ.
СКОРЕЕ ВСЕГО, НА ВЫБРАННОМ ПУТИ ЕГО ЖДЕТ ЕЩЕ МНО-ЖЕСТВО ТРУДНОСТЕЙ И СТРАДАНИЙ.
ПРАВДА ВЕДЬ, СТАЛЬ-НОЙ?
И ДАЖЕ ЕСЛИ ОН СОГЛАСИТ-СЯ С ЭТИМ, ВСЕ РАВНО ПРОДОЛ-ЖИТ СВОЙ ПУТЬ.
ТОП

И ДОЛГО ДУМАЕШЬ ХАНДРИТЬ?
ЗА-ТКНИСЬ.

ТЫ ВЕДЬ САМ РЕШИЛ ВО ЧТО БЫ ТО НИ СТАЛО ВЕРНУТЬ СВОЕ ПРЕЖ-НЕЕ ТЕЛО, И НЕ ВАЖНО, КАК ТЕБЯ НАЗОВУТ – АРМЕЙСКИМ ПСОМ ИЛИ ДЬЯВОЛОМ.
НЕУЖЕЛИ СТАНЕШЬ ТЕ-РЯТЬ ВРЕМЯ ИЗ-ЗА ТАКОЙ ЕРУНДЫ?

ШУРХ
ЕРУНДЫ?..
ДА, ЭТО ПРАВДА. МЫ С АЛОМ НЕПРЕ-МЕННО ВЕРНЕМ СВОИ ПРЕЖНИЕ ТЕЛА, ПУСТЬ НАС ОБЗЫВАЮТ ХОТЬ ПСАМИ, ХОТЬ ДЬЯ-ВОЛАМИ.
НО МЫ НЕ ДЬЯВОЛЫ И ТЕМ БОЛЕЕ НЕ БОГИ.

МЫ — ЛЮДИ!
И НЕ СМОГЛИ СПАСТИ ОДНУ-ЕДИН-СТВЕННУЮ ДЕВОЧКУ!

ЖАЛКИЕ ЛЮДИШКИ...

ТЫ ПРОСТУ-ДИШЬСЯ.
ВОЗВРА-ЩАЙСЯ К СЕБЕ И ОТДОХНИ.

ХМ...
ВЫ К ГОСПОДИНУ ТАККЕРУ?
ШЛЕП
ВШШ

ПОСТОРОННИМ СЮДА НЕЛЬЗЯ.
ЕСЛИ У ВАС К НЕМУ ДЕЛО...

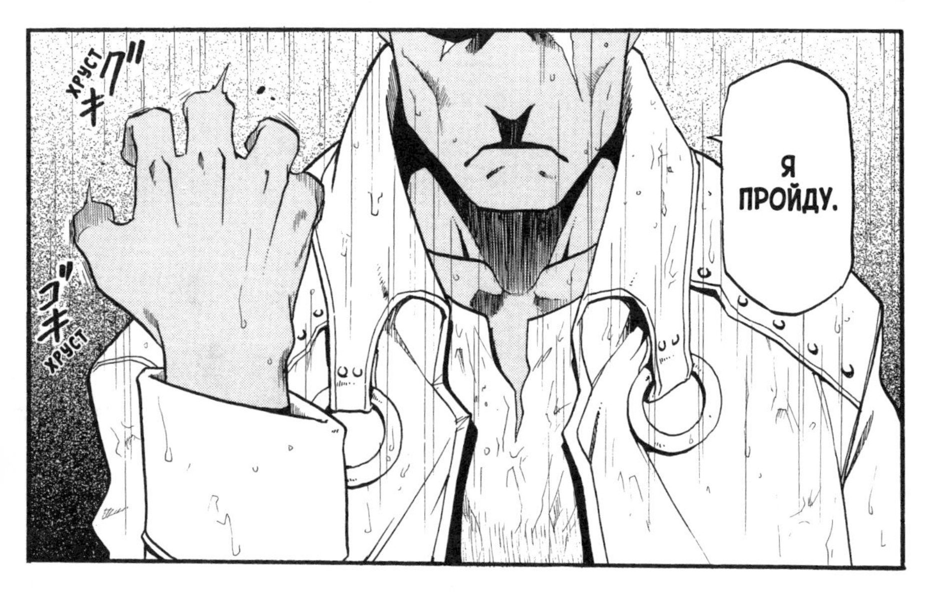
Я ПРОЙДУ.
ХРУСТ
ХРУСТ

ЧТО?

МОЛНИЯ
ПОЧЕМУ МЕНЯ НИКТО НЕ ПОНИ-МАЕТ?
БАБАХ
А, НИНА?

СВЕРК
ШО ТАККЕР?
!

ТОП
КТО ТЫ?

ТОП
ТОП
ЧТО ТЕБЕ НУЖ-НО?
ТЫ ВЕДЬ НЕ ВОЕН-НЫЙ...
КАК ТЫ ПРО-БРАЛСЯ СЮДА?!
У ВХОДА БЫЛА ОХРАНА...

АЛХИМИК, СБИВ-ШИЙСЯ С ПУТИ ИСТИН-НОГО...
ХРУСТ
...ДОЛ-ЖЕН БЫТЬ УНИЧТО-ЖЕН!
ХРУСТ
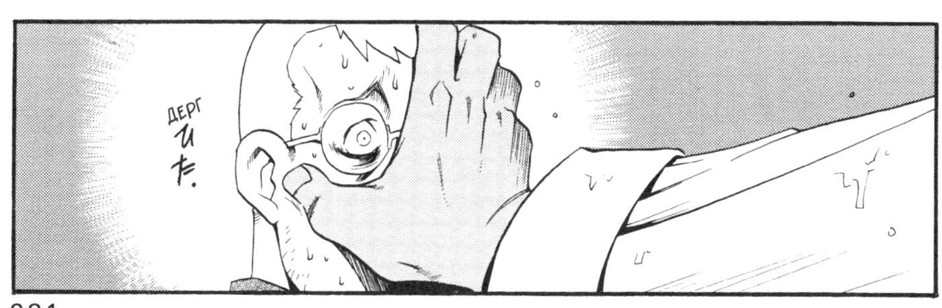
ДЕРГ

БАБАХ

ШЛЕП
СКРИП

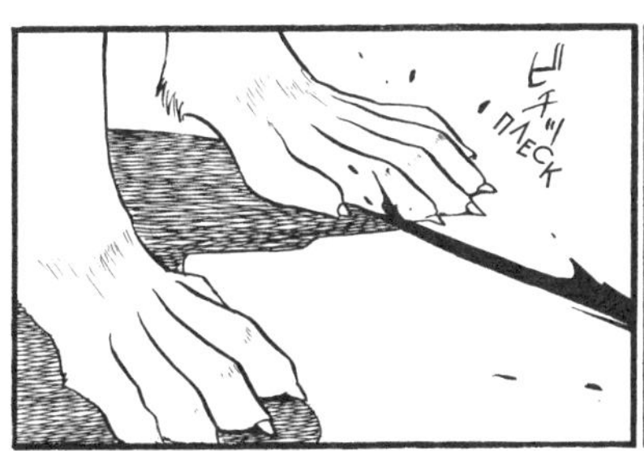
ПЛЕСК

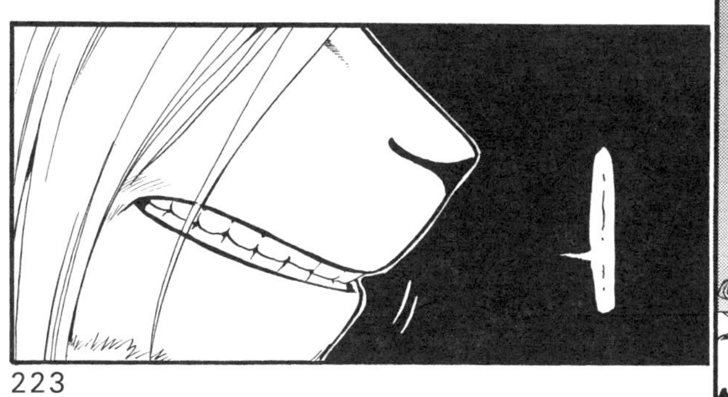

ПА...
ПА-ПОЧ-КА...
ПА-ПОЧ-КА...
ПА-ПОЧ-КА...
ПА-ПОЧ-КА...

НЕ-СЧАСТ-НОЕ СОЗДА-НИЕ...
ВЕРНУТЬ ТЕБЕ ПРЕЖНИЙ ВИД УЖЕ НЕВОЗ-МОЖНО.

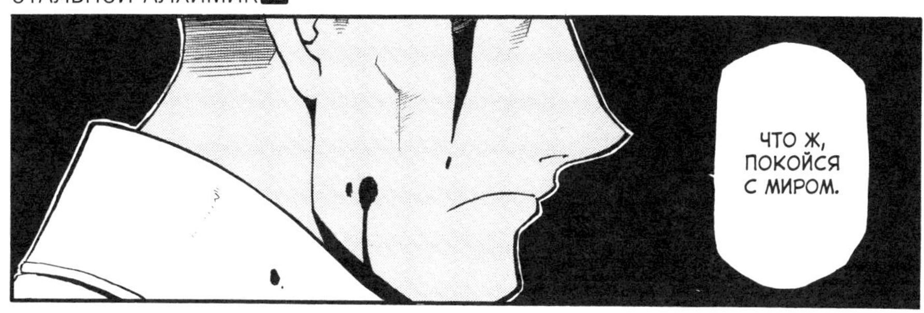
ЧТО Ж, ПОКОЙСЯ С МИРОМ.

ВШШ

Я ТОЛЬКО ЧТО ОТПРАВИЛ К ТЕБЕ ДВЕ ДУШИ.
ПРИМИ ИХ В СВОИ ОБЪЯТИЯ. ДАРУЙ ЗАБЛУДШИМ ДУШАМ ПОКОЙ И СПАСЕНИЕ.
ГОСПОДИ!
ТВОРЕЦ, СОЗДАВШИЙ ВСЕ СУЩЕЕ В ЭТОМ МИРЕ!

ザーアァァァァァァァァ
BWW

Глава 6 ПРАВАЯ РУКА РАЗРУШЕНИЯ

МАМА!
МАМА!

МАМА!

ЧТО ТАКОЕ, ЭД?

ХЕ-ХЕ!
ПОДАРОК!

О, МНЕ?
ЧТО ЭТО ТАКОЕ?
Я САМ ПРЕОБРАЗОВАЛ!
САМ? ВЕСЬ В ОТЦА!

СПАСИБО. ЭД, ТЫ МОЛОДЕЦ!
Хе-хе!
СМОГ СОЗДАТЬ ТАКУЮ ПРЕКРАСНУЮ ВЕЩЬ...
НО...

...МЕНЯ ТЫ
КАК СЛЕДУЕТ
ВОССОЗДАТЬ
НЕ СМОГ.

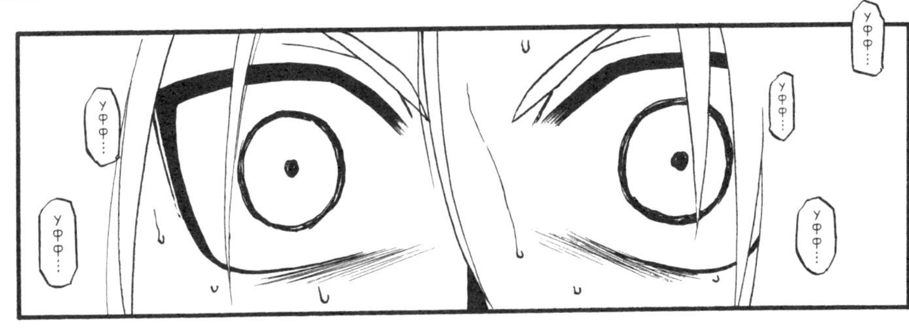
Уфф...
Уфф...
Уфф...
Уфф...
Уфф...

Уфф...
Уфф...
Уфф...
Уфф...

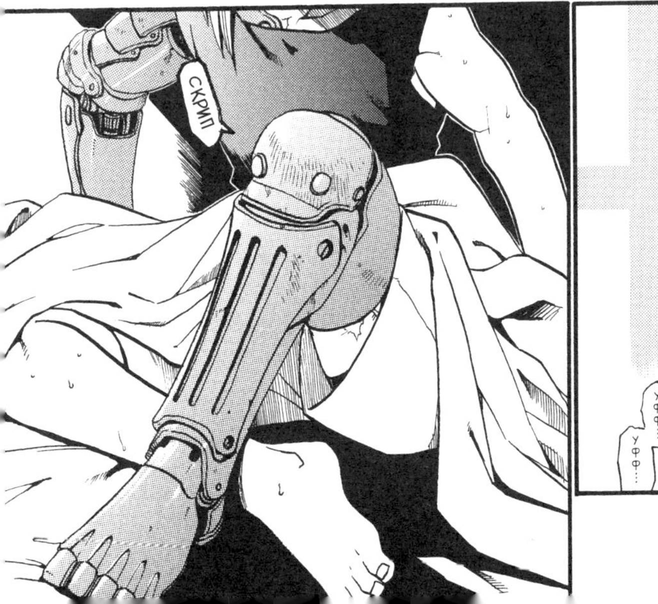
СКРИП

Уфф...
Уфф...
Как боль-но...
Уф...

Вшш

...
ВЕРТЬ

ЭДВАРД!
ДЕРГ

А... ЛЕЙТЕНАНТ ХОУКАЙ!
ЧТО ЭТО ВЫ ТАК РАНО?
НУ...
А ЧТО ТЕПЕРЬ БУДЕТ С ТАККЕРОМ... И НИНОЙ?

ТАККЕР ДОЛЖЕН БЫЛ ЛИШИТЬСЯ СВОЕГО СТАТУСА, А ЗАТЕМ ПРЕДСТАТЬ ПЕРЕД СУДОМ В ЦЕНТРАЛЕ, НО...

И ОН, И ЕГО ДОЧЬ МЕРТВЫ.
ТОЧНЕЕ ГОВОРЯ, УБИТЫ.
ВОЗМОЖНО, МНЕ НЕ СТОИЛО ЭТО ВАМ ГОВОРИТЬ, НО ВЫ БЫ И САМИ РАНО ИЛИ ПОЗДНО УЗНАЛИ.
Не может быть... Почему?..
КТО?!
НЕ ЗНАЮ. Я КАК РАЗ НАПРАВЛЯЮСЬ НА МЕСТО УБИЙСТВА.
МЫ С ВАМИ!
НЕТ.
ПОЧЕМУ?!

ТЕБЕ ЭТОГО ЛУЧШЕ НЕ ВИ- ДЕТЬ.

ЭЙ, ПОЛКОВ- НИК МУСТАНГ!
Я ДОЛЖЕН БЫЛ ЗАБРАТЬ ТАККЕРА, НО...

МНЕ ЧТО, ПРИКАЖЕТЕ ТРУП ВЕЗТИ НА СУД?

ПРОКЛЯТЬЕ... МЫ ПРИЕХАЛИ ИЗ ЦЕНТРАЛА ВО-ВСЕ НЕ ЗАТЕМ, ЧТОБЫ ВСКРЫТИЕ ПРОВОДИТЬ!
Я ПОЛНОСТЬЮ ОСОЗНАЮ СВОЮ ВИНУ, ПОДПОЛ-КОВНИК ХЬЮЗ.
Как бы там ни было, вам сто-ит взгля-нуть на труп.

ХМ... ЗНАЧИТ, ЭТОТ ТИП ИСПОЛЬ-ЗОВАЛ В ЭКСПЕ-РИМЕНТЕ СОБСТ-ВЕННУЮ ДОЧЬ.
ВИДНО, ГОСПОДЬ ПОКАРАЛ ЕГО.
ФУ-У... КАК Я И ДУМАЛ.

ОХРАНА ТОЖЕ МЕРТВА?
ДА.
СПЛОШ-НОЕ МЕСИВО, СЛОВНО ИХ РАЗО-РВАЛО ИЗНУТРИ.

ЧТО СКАЖЕТЕ, МАЙОР АРМ-СТРОНГ?
НИКАКИХ СОМНЕНИЙ.

ЭТО ОН.

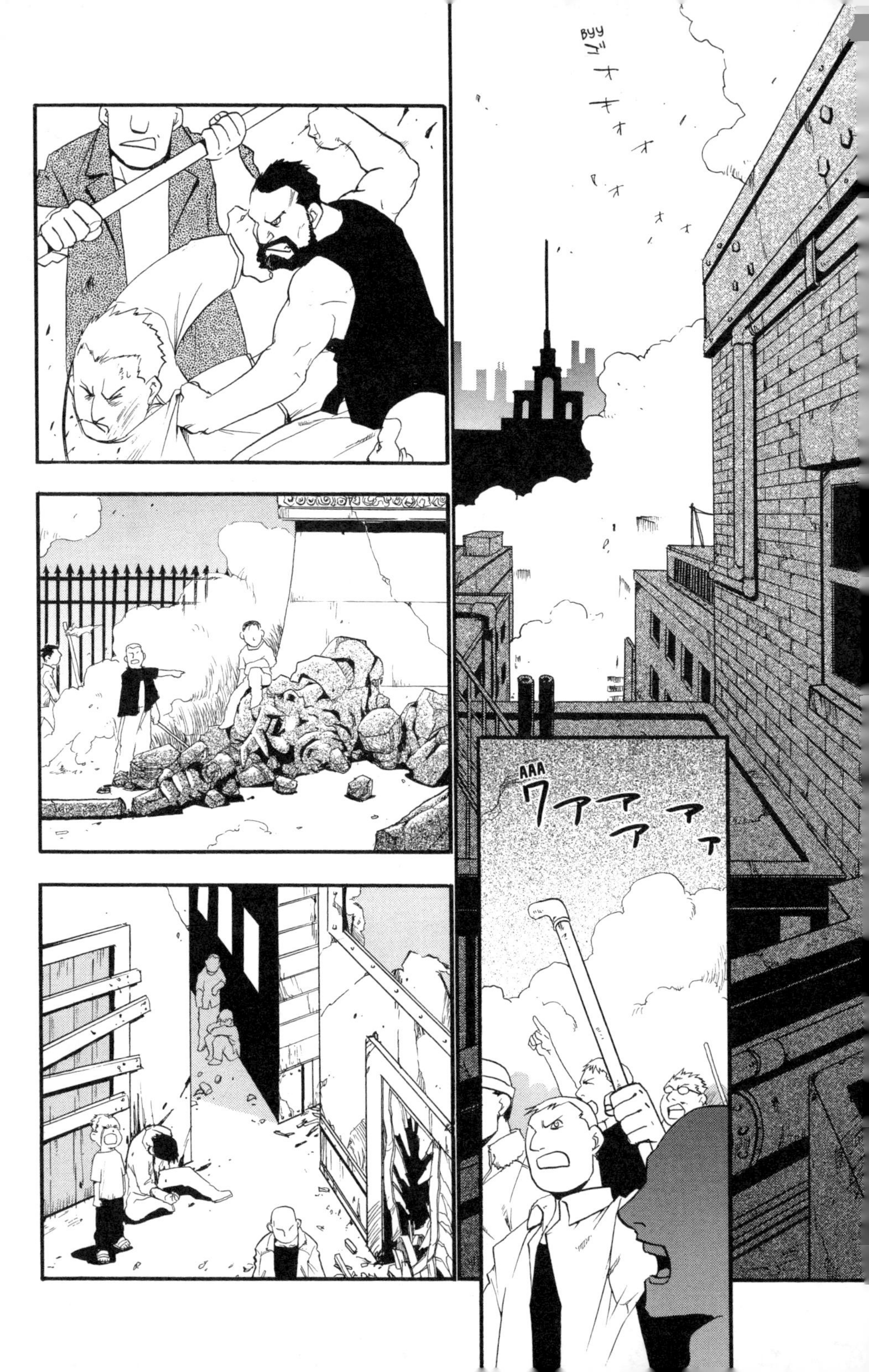
BYY
ゴオキオオオオオ
AAA
ワアアアアァ

СМОТРИ, ОБЖОРСТВО.
ЛЮДИ БЕЗНАДЕЖНО ГЛУПЫ.
ГЛУПЫЕ, ГЛУПЫЕ.

ЭТО ТОЧНО.

КОГО МЫ ВИДИМ! ГОСПОДИН ОСНОВАТЕЛЬ!
Основатель...

ТОП
НО ЕСЛИ И ДАЛЬШЕ ВСЕ ПОЙДЕТ ПО ПЛАНУ, ИХ ГЛУПОСТЬ СЫГРАЕТ НАМ НА РУКУ.

ПРОСТИ ЗА БЕСПОКОЙСТВО.
ДА, КОГДА ВСЕ ЗАКОНЧИТСЯ, Я ХОТЕЛ БЫ ВЕРНУТЬСЯ В ГОРОД, ЗА КОТОРЫЙ ОТВЕЧАЮ.

КОГДА ВМЕШАЛСЯ ТОТ СТАЛЬНОЙ МАЛЬЧИШКА, Я ПОНЯТИЯ НЕ ИМЕЛА, ЧТО ДЕЛАТЬ ДАЛЬШЕ...
НО ВЫШЛО ТАК, ЧТО ОН ПОМОГ НАМ ЗАКОНЧИТЬ РАБОТУ РАНЬШЕ, ЧЕМ МЫ РАССЧИТЫВАЛИ.
ХЕ-ХЕ... НЕСМОТРЯ НИ НА ЧТО...

ТЫ ПОЗАБОТИЛАСЬ О ТОМ, ЧТОБЫ ИНФОРМАЦИЯ РАСПРОСТРАНИЛАСЬ КАК МОЖНО ШИРЕ, А ЗАТЕМ Я СЛЕГКА ПОДТОЛКНУЛ СВОИХ ПРИХОЖАН, И ВОТ РЕЗУЛЬТАТ.
ЛЮДИ — ПРОСТАКИ.
КРОВОПРОЛИТИЕ ВЛЕЧЕТ ЗА СОБОЙ НОВОЕ КРОВОПРОЛИТИЕ, НЕНАВИСТЬ ПОРОЖДАЕТ НЕНАВИСТЬ.
ВЫПЛЕСК ЭНЕРГИИ ОСТАВЛЯЕТ КРОВАВУЮ ПЕЧАТЬ НА ЗЕМЛЕ ВОКРУГ...

СКОЛЬКО БЫ ЭТО НИ ПОВТОРЯЛОСЬ, ОНИ НИЧЕМУ НЕ УЧАТСЯ.
ЛЮДИ — ГЛУПЫЕ И ЖАЛКИЕ СОЗДАНИЯ.

НО ВЕДЬ НАМ ТОЛЬКО ТОГО И НАДО, ВЕРНО?

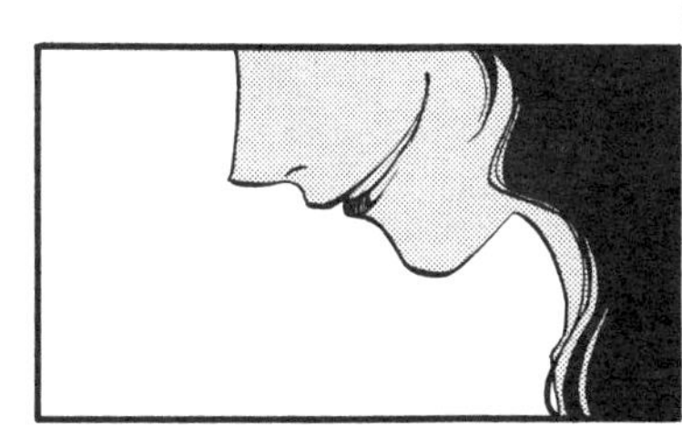

СНОВА УМРЕТ МНОГО ЛЮДЕЙ?
ДА, МНОГИЕ ПОГИБНУТ.

А МОЖНО, Я СЪЕМ ВСЕХ МЕРТВЫХ?
НЕТ, НЕЛЬЗЯ.
КСТАТИ, ЗАВИСТЬ...
...ДОЛГО ТЫ ЕЩЕ БУДЕШЬ ХОДИТЬ В ТАКОМ ВИДЕ И РАЗГОВАРИВАТЬ ЭТИМ ДУРАЦКИМ ГОЛОСОМ? РАЗДРАЖАЕТ.
ТРЕСК
ДА ЛАДНО ТЕБЕ, ПРОСТО ОБРАЗ ЭТОТ КАК НЕЛЬЗЯ ЛУЧШЕ СООТВЕТСТВОВАЛ СЛУЧАЮ.
ТРЕСК
ТРЕСК
ТРЕСК
ХОТЯ, КОНЕЧНО, ЕСЛИ И ПРИНИМАТЬ ЧЕЛОВЕЧЕСКИЙ ОБЛИК, ТО ЛУЧШЕ УЖ НЕ БЕЗДАРНОГО СТАРИКА...
ТРЕСК
ТРЕСК
ТРЕСК

ШУРХ
...А МОЛОДОГО И КРАСИВОГО ЧЕЛОВЕКА.

НО ЗА ЭТОЙ ВНЕШНОСТЬЮ СКРЫВАЕТСЯ ОБЛАДАТЕЛЬ САМОГО ГНУСНОГО ХАРАКТЕРА СРЕДИ ВСЕХ НАС.
ХА-ХА-ХА-ХА-ХА!
НА ДРАКУ НАРЫВАЕШЬСЯ, СТАРУХА ПОХОТЬ?

И... ЧУДОВИЩЕ!

ЧТО ЭТО ЗНАЧИТ?
КТО ВЫ ТАКИЕ?!
ОСНОВАТЕЛЬ...
ЧТО СЛУЧИЛОСЬ С НАСТОЯЩИМ ПРЕПОДОБНЫМ КОРНЕЛЛО?!

НУ И ЧТО ТЕ-ПЕРЬ?
ЧУДОВИЩЕ? КАК ГРУБО!
МОЖНО, Я ЕГО СЪЕМ?

ДА, КСТАТИ...
ГОВОРЯТ, ШО ТАККЕРА ИЗ ИСТ-СИТИ УБИЛИ.
ХРУСТ
ТРЕСК
ХРУСТ
ХРУМ
ТАККЕРА? АХ ДА, АЛХИМИК, СВЯЗУЮЩИЙ ЖИЗНИ.

ЭТО, В ОБЩЕМ-ТО, НЕ ВАЖНО. ОН БЫЛ МЕЛКОЙ СОШКОЙ.
ХРУСТ
ТРЕСК
ХРУМ
ЧЕРТ С НИМ, С ТАККЕ-РОМ, НО...
ХРУСТ
...ПОХОЖЕ, ЭТО ОПЯТЬ ЕГО РУК ДЕЛО.

ИСТ-СИТИ... ИНТЕРЕСНО, ОГНЕННЫЙ ПОЛКОВНИК В ГОРОДЕ?
ДА.
И ПОХОЖЕ, СТАЛЬНОЙ КОРОТЫШКА ТОЖЕ ТАМ.
СТАЛЬНОЙ...
МЕНЯ УЖАСНО БЕСИТ, ЧТО ОН МЕШАЕТ НАШЕЙ РАБОТЕ, НО ПОЗВОЛИТЬ ЕМУ ПОГИБНУТЬ НЕЛЬЗЯ.
ОН ОЧЕНЬ ЦЕННАЯ ЖЕРТВА.

ПОХОТЬ! СПАСИБО ЗА УГОЩЕНИЕ!
ВЫТРИ РОТ, ОБЖОРСТВО.
НЕ ЗНАЮ, КТО ОН И ОТКУДА, НО ОН ДОСТАВЛЯЕТ НЕМАЛО ХЛОПОТ.
ШУРХ
ДА УЖ... ВПРОЧЕМ, С ЭТИМ ГОРОДОМ МЫ ПРАКТИЧЕСКИ ЗАКОНЧИЛИ. ПОЙДЕМ ПОСМОТРИМ, ЧТО ТВОРИТСЯ В ИСТ-СИТИ.
И НА ЭТОГО...
...КАК ЕГО ТАМ?

ШРАМ?
ДА. МЫ ПРАКТИЧЕСКИ НИЧЕГО О НЕМ НЕ ЗНАЕМ, НО НАДО Ж ЕГО КАК-ТО НАЗЫВАТЬ...
НЕУЛОВИМЫЙ ТИП. ДЛЯ НАС ЗАГАДКА НЕ ТОЛЬКО ЕГО ПРОИСХОЖДЕНИЕ, НО И ОРУЖИЕ, И ЦЕЛИ.
ЕДИНСТВЕННОЕ, ЧТО О НЕМ ИЗВЕСТНО, — У НЕГО НА ЛБУ БОЛЬШОЙ ШРАМ.

С НАЧАЛА ГОДА ОН УБИЛ В ЦЕНТРАЛЕ УЖЕ ПЯТЕРЫХ АЛХИМИКОВ.
А ЕСЛИ СЧИТАТЬ ПО ВСЕЙ СТРАНЕ, ПОЛУЧАЕТСЯ ДЕСЯТЬ ЧЕЛОВЕК.
ДА, НА ВОСТОЧНЫХ ТЕРРИТОРИЯХ О НЕМ ХОДЯТ РАЗНЫЕ СЛУХИ.

ТОЛЬКО МЕЖДУ НАМИ... ПЯТЬ ДНЕЙ НАЗАД БЫЛ УБИТ СТАРИК ГРАН.
КАК?! САМ АЛХИМИК ЖЕЛЕЗНОЙ КРОВИ, БРИГАДНЫЙ ГЕНЕРАЛ ГРАН?! МАСТЕР РУКОПАШНОГО БОЯ?!

ПОНИМАЮ, ТРУДНО ПОВЕРИТЬ, НО В ЭТОМ ГОРОДЕ СКРЫВАЕТ-СЯ ОЧЕНЬ ОПАСНЫЙ ПРЕСТУП-НИК.
ПОСЛУШАЙ ДОБРЫЙ СОВЕТ: УСИЛЬ ОХРАНУ И НЕКОТОРОЕ ВРЕМЯ СИДИ ТИХО.
ПРОШУ ТЕБЯ КАК ДРУГА.

ТЫ И ТАККЕР — ЕДИНСТВЕН-НЫЕ АЛХИМИ-КИ ЗДЕСЬ, Я ПРАВ?
ТАККЕРУ УЖЕ НЕ ПОМО-ЖЕШЬ, А ТЕБЕ ОСТАЕТСЯ ТОЛЬКО БЫТЬ ОСТОРОЖ-НЕЕ...
ДЕЛО ПЛО-ХО...

?
ЭЙ!
УБЕДИТЕСЬ, ЧТО БРАТЬЯ ЭЛРИК ВСЕ ЕЩЕ В ГОСТИ-НИЦЕ.
СРОЧ-НО!
А!
ПОЛ-КОВ-НИК!

Я ВСТРЕ-ТИЛА ИХ ПО ПУТИ ИЗ ШТАБА.
ПОХОЖЕ, ОНИ НАПРАВ-ЛЯЛИСЬ НА ПРОСПЕКТ.
ВОТ ВЕДЬ! НАШЛИ ВРЕМЯ!
ПОШЛИ-ТЕ ЗА НИМИ МАШИ-НЫ!
ВСЕ, КТО СЕЙЧАС СВОБОДЕН, ОБЫЩИТЕ ПРОСПЕКТ И ЕГО ОКРЕСТ-НОСТИ!

БРА-
ТЕЦ...
ХМ?
А...
СТОЛЬКО ВСЕГО ПРО-
ИЗОШЛО... ДАЖЕ НЕ ЗНАЮ, О ЧЕМ И ДУМАТЬ...

С ПРОШЛОЙ НОЧИ ТОЛЬКО ОДНО В ГОЛОВЕ КРУТИТСЯ: ЧТО ЖЕ ТАКОЕ ЭТА АЛХИМИЯ?..

«АЛХИМИЯ – ЭТО НАУКА, ЗАНИМАЮЩАЯСЯ ИЗУЧЕНИЕМ ЗАКО-
НОМЕРНОСТЕЙ И ИЗМЕНЕНИЙ МИРА МАТЕРИАЛЬНЫХ ОБЪЕКТОВ С ЦЕ-
ЛЬЮ ИХ РАСЩЕП-
ЛЕНИЯ И ВОС-
СОЗДАНИЯ».

«Все в этом мире движется и превраща-ется одно в другое, следуя опреде-ленным законам.
Смерть чело-века — тоже часть круго-ворота».
«Смири-тесь с этим».
Учитель все уши нам про-жужжала на эту тему.
Я думал, что все понял.
Но на самом деле не понял ничего... поэтому тогда... маму...
Вот и сейчас сижу и ду-маю: а вдруг я все-таки мог чем-то помочь им?
Вот ведь придурок.
С тех пор ни капли не по-взрослел.

Эх...
ДУМАЛ, ВЫЙДУ НА УЛИЦУ — И ДОЖДЬ СМОЕТ ХОТЬ ТОЛИКУ МОЕЙ ПЕЧАЛИ, НО...
ОТ КАЖДОЙ КАПЛИ НА ЛИЦЕ СТАНОВИТСЯ ТОЛЬКО БОЛЬНЕЕ.

А У МЕНЯ...
...ДАЖЕ НЕТ ТЕЛА, ЧТОБЫ ПОЧУВСТВО-ВАТЬ КАПЛИ ДОЖДЯ НА КОЖЕ.
ВОТ ЧТО НА СА-МОМ ДЕЛЕ ГРУСТ-НО...
...и невы-носимо.
БРАТЕЦ, Я ОЧЕНЬ ХОЧУ ВЕР-НУТЬ СВОЕ ТЕЛО...
ХОЧУ СНОВА СТАТЬ ЧЕЛО-ВЕКОМ.
ПУСТЬ ДАЖЕ ЗАТЕЯ ЭТА БЕЗНАДЕЖНАЯ И РАДИ НЕЕ ПРИ-ДЕТСЯ НАРУШИТЬ ЗАКОНЫ МИРО-ЗДАНИЯ.

А! ВОТ ВЫ ГДЕ!
ГОСПОДИН ЭДВАРД!
ШЛЕП
ШЛЕП

ЭДВАРД ЭЛРИК!

ЭЛРИК?..
СЛАВА БОГУ, ВЫ В ПОРЯДКЕ! Я ВАС ИСКАЛ!
ЭД-ВАРД... ЭЛРИК...

ЧТО ТАКОЕ? У ВАС КО МНЕ ДЕЛО?
ВЫ ДОЛЖНЫ СРОЧНО ВЕР-НУТЬСЯ В ШТАБ.

ДЕЛО В ТОМ, ЧТО СЕРИЙНЫЙ УБИЙЦА...
ЭДВАРД ЭЛРИК...
СТАЛЬНОЙ АЛХИМИК!
ДЕРГ

ШУРХ
!!!
ШРАМ НА ЛБУ...
СТОЙ!

ВЖУХ

ШЛЕП

БРЫЗГ
ХРУСТ

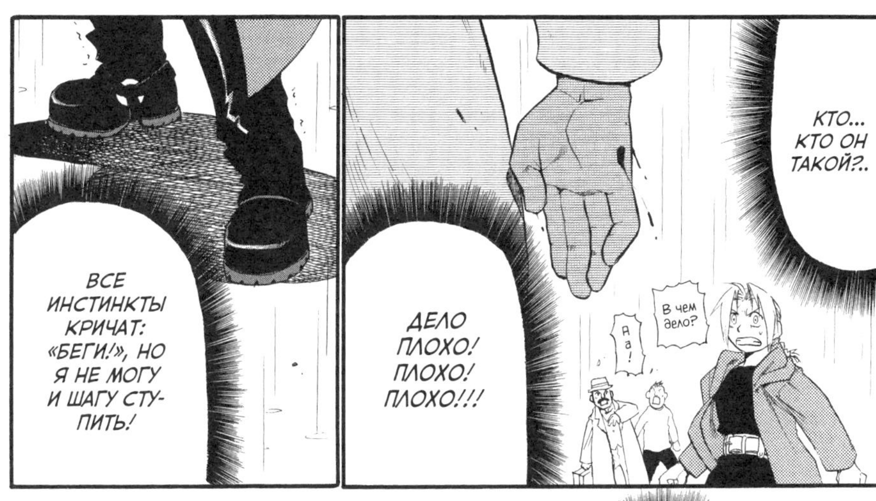
КТО... КТО ОН ТАКОЙ?..
В чем дело?
А а!
ДЕЛО ПЛОХО! ПЛОХО! ПЛОХО!!!
ВСЕ ИНСТИНКТЫ КРИЧАТ: «БЕГИ!», НО Я НЕ МОГУ И ШАГУ СТУ-ПИТЬ!

НЕТ...
МНЕ КОНЕЦ!
ТИК

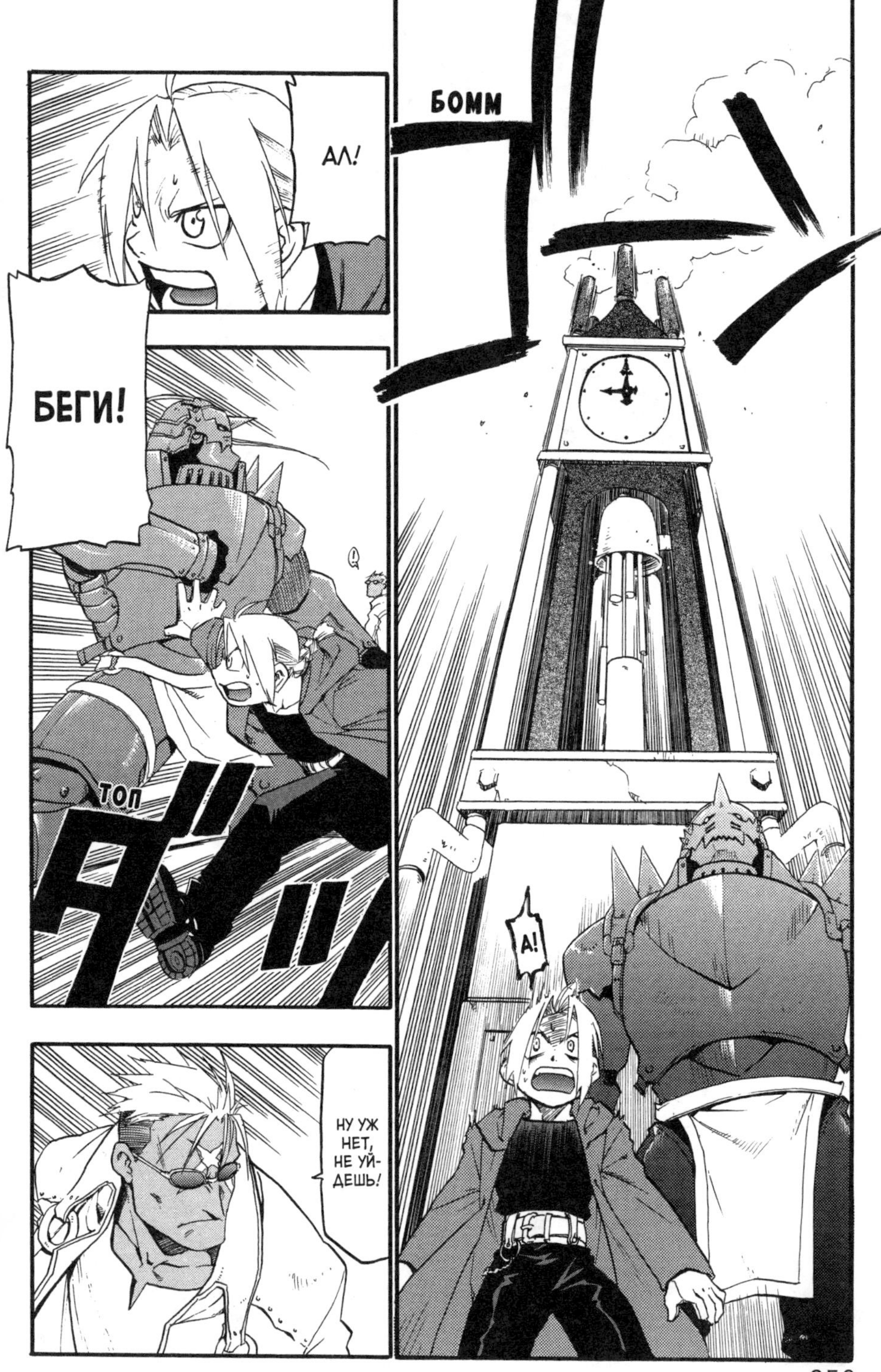
БОММ
А!
АЛ!
БЕГИ!
ТОП
НУ УЖ НЕТ, НЕ УЙ-ДЕШЬ!

ПРОКЛЯТЬЕ! ЧЕГО ЭТО С НИМ?!
Я, КОНЕЧНО, МОГ КОГО-ТО ОБИДЕТЬ...
И ТАКИХ ЛЮДЕЙ НЕМАЛО...
...НО УБИВАТЬ-ТО МЕНЯ ЗА ЧТО?!
БРАТЕЦ, СЮДА!
?
ЗАЧЕМ ТЫ ЗАВЕЛ МЕНЯ В ЭТОТ ПЕРЕУЛОК?!
ТАК НАДО!
ЧИРК
ТАДАМ

ЭТО ЕГО ОСТАНО-ВИТ!
АГА!
ВЖУХ
БАБАХ

ТРЕСК
ТРЕСК

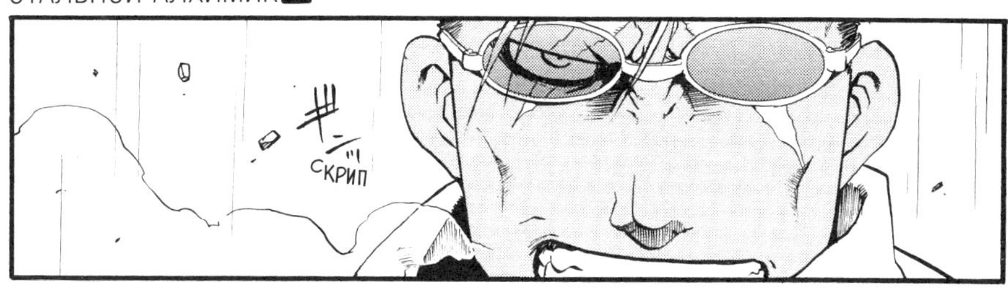
СКРИП

ХЛОП
...
ТРЕСК
АААА!
ТОП
ТОП

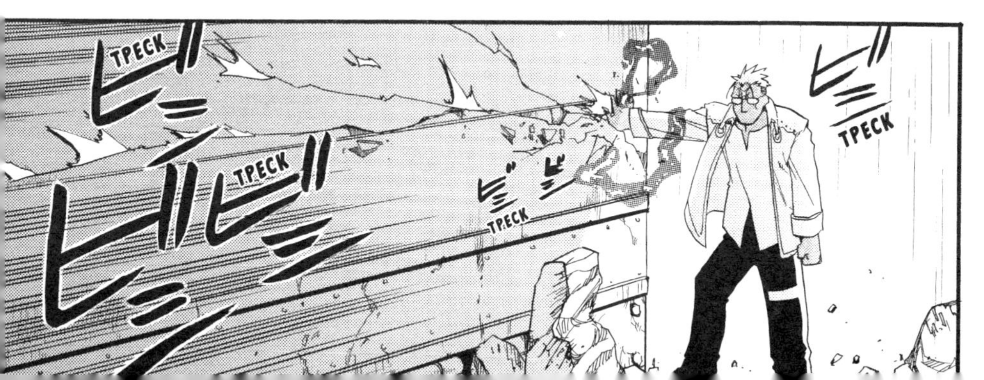
ТРЕСК
ТРЕСК
ТРЕСК
ТРЕСК

ТРЕСК
ТРЕСК
?!
ТРЕСК

БАБАХ
БАХ
БАХ
БАБАХ

ТРЕСК
ТРЕСК
ЭТО ЧТО, ШУТКА?

ШАРК
КТО ТЫ ТАКОЙ?
ЗАЧЕМ ПРЕСЛЕДУ-ЕШЬ НАС?

ВАС МОЖНО НАЗВАТЬ СОЗИ-ДАТЕЛЯМИ, НО В МИРЕ ЕСТЬ И РАЗРУШИ-ТЕЛИ.

...

ХВАТЬ
ЧТО Ж, ЗНАЧИТ, У НАС НЕТ ВЫБОРА?
ХЛОП

ВЖУХ

ВЖИХ
ШИХ

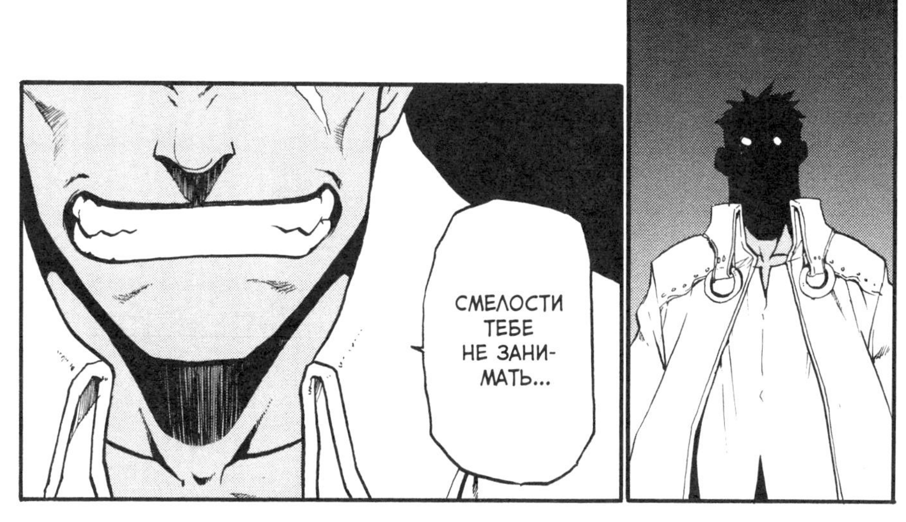
СМЕЛОСТИ ТЕБЕ НЕ ЗАНИМАТЬ...

ВПЕРЕД!
ШУРХ

ДАВАЙ!
ВЖУХ
...ТОЛЬКО ВОТ СКОРОСТИ НЕ ХВАТАЕТ!

ТРЕСК
ММ?..
!!!

АЛ!!!
БАБАХ
АХ ТЫ-Ы!
ШЛЕП
ГОВОРЮ ЖЕ, ВЫ СЛИШКОМ МЕДЛИТЕЛЬНЫ!
ХВАТЬ

?!
ТРЕСК
?
ШЛЕП
ОЙ!

Уфф...
Уфф... уфф...
ЧЕРТ!
ШУРХ
АВТО-БРОНЯ...
НУ КОНЕЧНО, ПОЭТОМУ У МЕНЯ НЕ ПОЛУЧИЛОСЬ РАЗРУШИТЬ ТВОЮ ПЛОТЬ.

ТОГДА КАК У ВТОРОГО Я СОБИРАЛСЯ СНА-ЧАЛА РАЗРУШИТЬ БРОНЮ, А ЗАТЕМ УНИЧТОЖИТЬ ТЕЛО, НО ТЕЛА-ТО ВНУТРИ ДОСПЕ-ХОВ И НЕ ОКА-ЗАЛОСЬ.
СТРАН-НАЯ ПА-РОЧКА...
ХЛОП
ВЫ ОТНЯЛИ У МЕНЯ СЛИШ-КОМ МНОГО ВРЕМЕНИ.

ВЖУХ
ПО-ТВОЕМУ, Я БУДУ ПОКОРНО СТОЯТЬ И ЖДАТЬ, ПОКА ТЫ НАС ПРИКОНЧИШЬ?!
БРАТЕЦ, НЕ НАДО! ЛУЧШЕ БЕГИ...
ИДИОТ! ДУМАЕШЬ, Я БРОШУ ТЕБЯ?!
ХМ... ЗНАЧИТ, ТЫ СКЛАДЫВАЕШЬ РУКИ, ЧТОБЫ ОБРАЗОВАТЬ КРУГ, И ИСПОЛЬЗУЕШЬ ЦИРКУЛЯЦИЮ ЭНЕРГИИ ДЛЯ ПРЕОБРАЗОВАНИЯ?
В ТАКОМ СЛУЧАЕ...
ХРУСТ
А-А-А-А-А-А-А-А!

БАЦ

БРЫЗГ
ХВАТЬ
ДЛЯ НАЧАЛА ИЗБАВИМСЯ...
...ОТ ЭТОЙ НАЗОЙЛИВОЙ ПРАВОЙ РУКИ.
ТРЕСК

БАБАХ
01 СТАЛЬНОЙ АЛХИМИК (КОНЕЦ)

FULLMETAL
ALCHEMIST

СТАЛЬНОЙ АЛХИМИК

ГАЛЕРЕЯ НАБРОСКОВ

ПЕРВОНАЧАЛЬНЫЕ
НАБРОСКИ АВТОБРОНИ
ДЕТАЛЬНАЯ ПРОРИСОВКА
НАБРОСОК
АВТОБРОНИ № 2
БЕЗ ЛИШНИХ ДЕТАЛЕЙ

СТАЛЬНОЙ АЛХИМИК
ПРОРИСОВКА РУКИ ЭДА ЗАНЯЛА БОЛЬШЕ ВРЕМЕНИ, ЧЕМ ПРОРИСОВКА ЕГО ЛИЦА
ПЕРВОНАЧАЛЬНЫЕ ЭСКИЗЫ ЭДА
ЭСКИЗ ПЛАЩА № 1
НАБРОСОК ЭДА
ОЧЕНЬ ВЗРОСЛЫЙ ВЗГЛЯД
ЭД СО СПИНЫ
ЗНАК ФЛАМЕЛЯ
ЭСКИЗ ПЛАЩА № 2 ПРАКТИЧЕСКИ ЗАКОНЧЕННЫЙ

FULLMETAL
ALCHEMIST

УДК 821.521
ББК 84(5Япо)-80
А 79

Перевод с японского *Таисии Беляниной*

Литературно-художественное издание

СТАЛЬНОЙ АЛХИМИК

ИЗДАНИЕ ДЕЛЮКС

ХИРОМУ АРАКАВА

Аракава Х.

А 79 Стальной Алхимик. Книга 1 : манга / Хирому Аракава ; пер. с яп. Т. Беляниной. — СПб. : Азбука, Азбука-Аттикус, 2022. — 272 с.

ISBN 978-5-389-15939-6

Редактор *Анастасия Бутина*
Художественный редактор *Татьяна Павлова*
Технический редактор *Валентин Бердник*
Художественное оформление *Ольги Ремизовой, Ирины Колушевой*
Компьютерная верстка *Ольги Ремизовой*
Корректоры *Татьяна Бородулина, Лариса Ершова*

Главный редактор *Александр Жикаренцев*

Издательство выражает благодарность Кристине Огневой за помощь в работе над книгой.

ООО «Издательская Группа „Азбука-Аттикус“» —
обладатель товарного знака АЗБУКА®
115093, Москва, Павловская ул., д. 7, эт. 2, пом. III, ком. № 1

Филиал ООО «Издательская Группа
„Азбука-Аттикус“» в Санкт-Петербурге
191123, Санкт-Петербург, Воскресенская наб., д. 12, лит. А

Знак информационной продукции
(Федеральный закон № 436-ФЗ от 29.12.2010 г.): 16+

Подписано в печать 09.11.2022.
Формат издания 70×90 $^1/_{16}$. Печать офсетная.
Усл. печ. л. 20,41. Тираж 8000 экз. Заказ №6464/22.

Отпечатано в соответствии с предоставленными материалами
в ООО «ИПК Парето-Принт». 170546, Тверская область,
Промышленная зона Боровлево-1, комплекс № 3А
www.pareto-print.ru